AF345846

BURAMI Y EL REY ROJO

Una leyenda de Silam

Ricardo Riera

Título: Burami y el Rey Rojo

Autor: Ricardo Riera

© Ricardo Riera

www.lobohombreriera.com

Diseño y maquetación: Carlos García

www.carlosgarcia.cc

Corrección: Yesenia Galindo

yeseniasil@yahoo.com

Portada: Xavier Sánchez

© Xavier Sánchez

www.xave.es

Edición: Primera

La historia que voy a contaros hoy ocurrió hace mucho tiempo, cuando el reino de Silam se alzaba como el último bastión de lo que una vez había sido el gran imperio arkaniano. Era la época en que Glonius Lanza de Luz, último descendiente de una larga dinastía de monarcas que se remontaba a los tiempos anteriores al imperio, gobernaba su extenso reino con mano firme y una voluntad tan inflexible como la corona de hierro sobre su cabeza.

Los años, sin embargo, no pasan en vano; a pesar de sus glorias pasadas, también Silam había visto cómo sus mejores días quedaban atrás, y lo que en una época había sido una vasta y poderosa nación, se había replegado en los últimos años y perdido gran parte de su entereza. En la periferia del reino, al otro lado del Portos, numerosos clanes habían surgido de los violentos tiempos de guerra y se habían convertido en los verdaderos señores de las tierras que se encontraban en los límites del poder real. Tanto era así que el rey se había visto obligado a pactar con los caudillos locales, muchos de los cuales nunca habían conocido la capital y habían dejado que la antigua fuerza de Silam se perdiera junto con sus tradiciones.

Es en una de estas alejadas tierras donde mi historia tiene lugar. Estamos no en la gloriosa Silam, con sus altos muros de piedra y sus miles de fieros guerreros, sino en una de las provincias limítrofes, donde el tiempo pasa de forma lenta y la vida es difícil, uno de los tantos feudos juntos al Portos que sólo tiene noticias de la capital cuando la desgracia llama a su puerta. En este lugar, junto a un camino de tierra que se adentra en las verdes colinas, es donde encontramos a los dos primeros personajes de esta historia que voy a contaros.

Cualquiera que hubiese hecho de espectador en ese momento, se habría dado cuenta de que aquella no era ninguna idílica escena familiar; y sin embargo, nadie que hubiese estado presente habría podido negar que Aliru y Burami eran hermanos. Los dos tenían los mismos rasgos duros, el cabello negro y los ojos grises heredados de su padre Sidero, y que se habían convertido en la seña de identidad de una estirpe familiar que todavía era recordada por sus glorias pasadas. El clan al que pertenecían aquellos dos hermanos era, a pesar de su condición de uno de los más antiguos del reino, una casa menor, algo que Aliru, el hermano mayor, no gustaba de recordar. El joven, quien a sus dieciséis años ya había pasado casi toda su vida siendo entrenado por su padre en el uso de la espada, esperaba algún día ser lo bastante hábil para empuñar una de las armas de calantio destinadas a ese selecto grupo de jóvenes que eran enviados cada año a la capital del reino para ser nombrados parte de la tropa de élite del rey, grandes guerreros bendecidos por la diosa Butomba.

Pero aquella mañana lo último que pasaba por la cabeza de Aliru era su entrenamiento como guerrero o la posibilidad de presentarse en el gran templo de la Diosa vestido con sus galas de guerrero. De hecho, nada pasaba por la mente del joven como no fuera la rabia que sentía hacia su hermano menor, Burami, a quien perseguía a toda velocidad por las verdes colinas que rodeaban el camino real. El motivo parecía legítimo ante sus ojos –Burami le había llamado cobarde delante de sus amigos–, pero en realidad podía haber sido cualquier cosa; a los doce años, el más joven de los hijos de Sidero se había convertido en un crío insolente e incontrolable, en parte quizás debido a la mayor atención que recibía su hermano mayor, quien algún día habría de poner en alto el nombre de la familia y a quien Burami se suponía debía rendir vasallaje. Esto último era algo que Aliru estaba más que dispuesto a hacerle recordar.

Burami, a pesar de que no tenía miedo de la mayor fuerza física de su hermano, sabía que lo más prudente en aquella situación era correr, y eso precisamente era lo que hacía aquella mañana.

El incidente había ocurrido cuando se hallaban lejos del pueblo, ya que el grupo de caza del que formaban parte había decidido alejarse de los caminos habituales debido a la escasez de presas. Sidero había insistido en que su hijo mayor llevase a Burami consigo, muy a pesar de la reticencia de ambos, para acostumbrarlo a lo que en adelante iba a ser su vida: estar siempre a las órdenes de su hermano. Aquel paseo no había resultado ser una empresa fácil, y unas cuantas palabras exaltadas habían desembocado en la carrera que los alejaba cada vez más del camino acercándolos a los linderos del bosque.

Fue entonces cuando Aliru se detuvo. Al principio Burami no pareció darse cuenta, puesto que siguió corriendo hacia delante, intentaba poner la mayor distancia posible entre él y su hermano. Cuando finalmente miró hacia atrás y vio que este se había detenido a una considerable distancia, dejó de correr y puso sus manos sobre sus rodillas mientras recuperaba el aliento.

—Pero ¿qué estás haciendo, tonto? –gritó Aliru, sin acercarse–. Sabes muy bien que no es sensato entrar en esos bosques.

Fue entonces cuando Burami se dio cuenta de dónde estaba y en qué dirección había estado corriendo. Por la posición en la que se hallaba el sol, supo que aquellos eran los bosques negros ubicados al sur de la aldea, a los que nadie se acercaba jamás. Su nombre se debía a que las copas de los árboles eran tan tupidas que el sol no pasaba entre las hojas. Una de las primeras lecciones que los niños del pueblo aprendían era que internarse solo en aquellos bosques significaba una muerte segura. Por supuesto, Burami había recibido también esa lección.

Pero en aquel momento, el enfado que sentía hacia su hermano pudo más que cualquier acto de sensatez.

—Yo no tengo miedo –dijo, manteniendo la cara erguida.

—No seas idiota –contestó Aliru, de repente muy serio–. Ese bosque está lleno de criaturas que te comerían de un bocado. Deja de comportarte como un crío y vuelve aquí. La paliza que te dé siempre será preferible a ser devorado por cualquier animal.

—No tengo miedo –repitió Burami, alzando la voz–. Quédate tú allí si quieres. Gran guerrero eres en verdad si te asustan unos cuentos para niños. Estoy seguro de que en este bosque no hay nada.

—¿Eso crees? –preguntó Aliru, ofendido por el hecho de que su hermano pusiera de nuevo en duda su valor–. Pues si estás tan seguro de tu bravura, quizás quieras intentar cruzar el bosque tú solo. Al otro lado encontrarás el camino que te llevará de vuelta hasta la aldea.

Burami guardó silencio mientras que Aliru se giraba y emprendía el camino de vuelta, disfrutando de su desafío. Se quedó allí un largo rato, esperando que en cualquier momento su hermano mayor se dirigiera nuevamente a él y le pidiera volver. Esto no ocurrió, y pronto Aliru se perdió de vista, sin duda, regresaba al lugar donde el resto de la partida de caza le esperaba.

Lentamente Burami se dio la vuelta y miró la entrada del bosque. De repente ya no parecía tan segura como en un primer momento; aquella selva era una maraña de árboles apretados entre sí con un follaje tan espeso que resultaba difícil orientarse. No era cierto que el sol no podía pasar entre las hojas, pero lo hacía dividiéndose en numerosos haces de luz que dejaban suficientes áreas en penumbras como para hacer de aquel bosque el sitio perfecto para una emboscada. Por un momento, Burami pensó en desistir y volver donde su hermano, pero finalmente decidió no hacerlo, no porque temiera a los golpes que Aliru le daría por haberle ofendido, sino porque no le daría la satisfacción de saber que había sentido miedo, tal como él había dicho.

De manera que se puso en marcha intentando no pensar en lo que podía ocultarse a su alrededor, concentrándose únicamente en tomar el camino más recto posible al otro lado del bosque. Durante los primeros minutos no ocurrió nada extraordinario, pero poco después Burami notó cómo la luz que se filtraba entre las copas de los árboles disminuía a una velocidad fuera de lo normal. Obtuvo una explicación cuando de repente, casi sin previo aviso, una lluvia torrencial comenzó a caer sobre su cabeza. Cuando había salido con la partida de caza, había visto un cúmulo de nubes hacia el sur, pero pensó que pasarían horas antes de que la lluvia se desatara sobre ellos. Evidentemente se había equivocado, y ahora el agua caía sobre él a chorros por entre las ramas de los árboles. Burami comenzó a correr buscando refugio, pero no parecía haber nada que pudiera servirle.

Cuando ya estaba por darse por vencido y aceptar la idea de continuar el camino bajo el temporal, divisó un claro en el bosque, y al fondo de este una gran pared de roca. Al acercarse a ella, Burami vio que allí, oculta de su vista debido a los árboles, se abría la entrada de una pequeña cueva. En otro momento quizás se hubiese preguntado al menos si estaba ocupada por alguna de aquellas supuestas criaturas del bosque poco tolerantes con los intrusos, pero la urgencia de encontrar un lugar donde guarecerse de la lluvia pesó más que el sentido común, así que Burami corrió directamente hacia la gruta y se sentó dentro de ella, lo bastante alejado de la entrada como para no llenar su ropa de fango.

Entonces comenzó a sentir frío; su ropa estaba mojada y no tenía nada con qué encender un fuego, por lo que tuvo que resignarse a esperar que dejara de llover. Mientras tanto dio un vistazo a la caverna. El poco tiempo que llevaba en partidas de caza le había enseñado a saber cuando una cueva estaba ocupada o no, y aquel agujero por suerte no mostraba ninguno de los signos de un inquilino reciente. Esperaba sólo que ninguna bestia cercana sintiese como él la necesidad de protegerse de la lluvia puesto que entonces sí tendría problemas. En ese momento, sin embargo, aquel sitio parecía perfectamente seguro, y quizás por eso, y sin duda también por el cansancio de la carrera y las emociones de aquel día, se relajó lo suficiente para quedarse profundamente dormido.

Lo despertó un ruido súbito que parecía provenir del interior de la caverna. Al abrir los ojos, por un instante Burami no supo dónde estaba, ya que un rayo de luz caía sobre la pared de la cueva dibujando las sombras de la roca desnuda. No era la luz del sol; esta provenía del interior de la caverna, y lo primero que se le ocurrió a Burami fue que alguien había encendido una hoguera.

La posibilidad de encontrar a otra persona allí hizo que se pusiera de pie y se adentrara sigilosamente en la cueva. Pronto descubrió que la luz provenía de una bifurcación que llevaba a una cámara más grande. Unos pasos más adentro el camino comenzó a ir hacia abajo, mostrando que aquella caverna era en realidad un túnel de gran profundidad. Cualquier otra persona más prudente se habría cuidado de no adentrarse demasiado en aquella galería, pero el joven dejó que su curiosidad dominara su voluntad por completo. Al entrar cada vez más en el túnel, Burami se preguntó qué tan lejos estaba de la salida, puesto que ya no escuchaba el ruido de la lluvia torrencial que seguía cayendo en el exterior.

Sus pasos lo llevaron hasta la entrada de una zona de la cueva que jamás hubiese creído posible en aquella región. Aquello debía estar varios metros bajo tierra; la roca donde se hallaba la entrada de la caverna no sobresalía por encima del bosque. Y sin embargo, aquella recámara donde Burami se hallaba era tan grande como el recinto principal del templo de la Diosa. Era ese también el sitio de donde provenía la luz, y cuando Burami vio la fuente de la luminosidad que le había traído hasta allí, quedó completamente paralizado.

Ante Burami se alzaba un círculo de fuego perfectamente trazado en el centro de la caverna. Como todo aquel recinto estaba hecho de roca, no sabía exactamente qué era lo que ardía para mantener el fuego vivo, pero las llamas se alzaban a una altura de varios metros y no parecían disminuir. Y lo más increíble de todo, aquel fuego no producía humo, sólo luz y calor; Burami podía respirar perfectamente a pesar del ambiente cerrado de la cueva. Cualquiera fuera el origen de aquel anillo de fuego, su existencia sólo podía tener una explicación mágica.

Maravillado ante lo que veía, no se dio cuenta de cómo sus pasos lo llevaban al interior del recinto, acercándolo a aquel portento sobrenatural que se alzaba ante sus ojos. Como todos los de su aldea, Burami había escuchado numerosas leyendas e historias acerca de los dioses y otros seres más allá del poder del hombre, pero no recordaba nada que le ayudase a explicarse el fenómeno que presenciaba en aquel instante. Fue entonces cuando al acercarse más aún a aquella fuente de calor, vio que el centro del círculo no estaba vacío; había algo dentro de él, una enorme masa rodeada por el anillo de llamas que la protegía sin tocarla, aunque las lenguas de fuego no le permitían ver exactamente de qué se trataba.

No pasó mucho tiempo antes de que obtuviera una respuesta a este enigma, ya que Burami no tardó nada en comprobar que aquella cosa que estaba dentro del círculo no se estaba quieta, sino que *respiraba*.

Por primera vez desde que entró en la caverna, Burami tuvo la absoluta certeza de que era mejor retirarse. Poco a poco empezó a caminar hacia atrás sin apartar la vista del círculo de fuego y de la enorme presencia que en su centro había. Quizás en ese momento algún gemido debió haber escapado de sus labios, porque de repente la criatura que estaba frente a él comenzó a moverse y alzó su enorme cabeza de entre las llamas.

Burami sólo lo vio unos instantes, pero aquellos segundos fueron más que suficientes; aquel ser, fuera lo que fuera, era enorme, como sólo podía serlo algo que hubiese elegido aquella gigantesca recámara de piedra como su hogar. A la luz de las llamas pudo ver que tanto su cabeza como su cuerpo eran de un profundo color rojo, brillante como la sangre. Enormes cuernos negros asomaban de su cabeza y le hacían parecer aún más grande de lo que era, y sus miembros terminaban en garras del mismo color. Pero lo que más impresionó a Burami era que sus ojos eran profundamente azules, tanto que destacaban en medio de aquella muralla de fuego como dos bloques de hielo incapaces de derretirse. Aquellos ojos se clavaron en Burami mientras este retrocedía hasta el fondo de la caverna, y entonces la criatura abrió lentamente sus fauces, mostrando una hilera de afilados dientes que brillaron como puñales iluminados por el círculo de fuego, cuyas llamas parecían disminuir para facilitar la salida de aquella inmensa criatura.

Burami no necesitó más razones; contrariamente a lo que su entrenamiento como cazador le había enseñado, dio la espalda a aquella enormidad y se escurrió por donde había venido sin detenerse ni un segundo, a pesar de que la entrada de la recámara era demasiado pequeña para que su habitante pudiera seguirle. Una vez vuelto al túnel, comenzó a correr hasta escuchar de nuevo el sonido de la lluvia, y tampoco allí se detuvo; siguió corriendo fuera de la cueva y se internó a toda velocidad en lo más profundo del bosque, sin hacer caso de la lluvia que mojaba su espalda ni de los posibles peligros que le acechaban en aquella selva. Todo el tiempo que corrió estuvo seguro de que la criatura que había visto le perseguía a través del bosque, derribando los árboles a su paso, pero nada ocurrió. Finalmente, tras correr por un tiempo que pareció eterno, Burami se detuvo agotado, y una mirada a sus espaldas –para la cual necesitó más valor del que hubiese pensado poseer– le hizo ver que estaba solo.

El joven hijo de Sidero trató de sacar de su mente la imagen de aquel gigante rojo de ojos azules como si hubiese sido una pesadilla, pero todavía sentía el calor de las llamas y el terror que corrió por su cuerpo al ver aquella montaña de garras y dientes alzarse en medio del fuego. Burami comenzó de repente a temblar y eso le hizo darse cuenta de que seguía con vida y que la velocidad de sus piernas le había salvado.

Fue entonces cuando miró a su alrededor y vio que los árboles habían quedado atrás y que sólo unos pasos más adelante se hallaba el camino que lo llevaría de vuelta a la aldea. Había cruzado el bosque negro del sur y ni siquiera se había dado cuenta de ello.

Mientras el joven iniciaba el largo camino a pie de regreso a casa, Aliru recibía los frutos de la ira de su padre. Por muy orgulloso que estuviese de su hijo mayor, Sidero consideraba una falta gravísima haber dejado abandonado a Burami en aquellos bosques. El patriarca de aquel clan era un hombre fuertemente apegado a las tradiciones de su linaje, y no perdió la oportunidad de recordarle a Aliru que así como su hermano menor estaba obligado a servirle, su obligación como primogénito era protegerle de cualquier peligro, y una nimiedad como su orgullo herido no podía hacerle desatender esa tarea.

Sin embargo, Sidero no tenía tiempo para reprimendas más severas; inmediatamente comenzó a organizar una partida de rescate para dar con el paradero de su hijo incluso en medio de la tormenta. En ese momento le advirtió a su hijo mayor que mejor sería que los dioses favorecieran el sano regreso de su hermano, ya que de no ser así, aquella sería una vergüenza mil veces mayor que los vanos insultos de un crío.

Fue entonces cuando la voz de uno de los vigías anunció el regreso de Burami, quien entró en la aldea justo cuando el grupo preparaba los caballos. El joven hijo de Sidero estaba cubierto de barro, y sus piernas temblaban debido al esfuerzo realizado por llegar andando desde los bosques negros. El padre, olvidando por un momento toda su rabia anterior, corrió a abrazar a su hijo que casi desfallecía entre sus brazos, tras lo cual dedicó una mirada de desaprobación a la figura de Aliru, quien permanecía en el umbral de la casa con los brazos cruzados. El padre entregó al niño al cuidado de las mujeres de la familia, quienes llevaron a Burami dentro y, tras bañarlo, lo metieron en cama. Agotado tras su experiencia, el joven no tardó en quedarse dormido, pero incluso en sus sueños le persiguió no la indudable hazaña de haber vuelto de aquellos tenebrosos bosques, sino la terrible revelación que había tenido en esa oscura caverna, así como la criatura de fuego que parecía haber querido hablarle y ante la cual había corrido despavorido.

Burami despertó al día siguiente con el ruido de varias voces hablando a la vez. Al abrir los ojos, se dio cuenta de que había un gran movimiento en su casa; una de aquellas asambleas que ocasionalmente reunían a los jefes de las principales familias del pueblo y que casi siempre se celebraban en la casa de Sidero. Burami se acercó sigilosamente al lugar donde se hallaban reunidos, y supo que aquella reunión no era nada rutinaria; aparte de su padre, allí estaban algunos de los más grandes guerreros no sólo de aquella aldea, sino de varios pueblos vecinos de la provincia, tales como Gario Brazo de Piedra, Berintar Ojo de Serpiente y Dorgum Lanza Veloz. Burami los conocía de historias contadas por su hermano y por los estandartes que todos ellos llevaban en sus vestidos y que se decía habían sido concedidos por el mismísimo rey de Silam en la capital del reino. En circunstancias normales, el joven se habría acercado a aquellos hombres, admirado de su presencia, y habría pedido escuchar algunos de los relatos de sus muchas aventuras, pero aquella no era una circunstancia normal. Lo sabía no sólo por la actitud solemne de los guerreros, sino también porque presidiendo la reunión se encontraba Falar, el oráculo.

Falar era muy conocido en toda la región, y su fama le había llevado a ser reverenciado e incluso temido hasta por las sacerdotisas del culto de la diosa Butomba. Se decía que no tenía un hogar fijo, sino que vagaba por todos los pueblos y ciudades del reino según los dictados de su mente, que estaba siempre en contacto con los poderes del más allá. Su presencia en aquella reunión sólo podía deberse a un hecho de extrema importancia, y por primera vez Burami se preguntó si la llegada de ese hombre y su visión del día anterior estaban relacionadas. Falar posó por un instante sus ojos sobre el muchacho, pero no interrumpió por ello su discurso, dirigido a todos aquellos hombres de guerra allí reunidos.

—Por desgracia –dijo–, esto ha sido más que confirmado. El rey en persona me ha enviado aquí para advertiros que si no unís a él vuestras fuerzas, el reino entero estará en peligro.

—No lo entiendo –dijo Sidero, quien se encontraba sentado junto a su hijo mayor–. Son al menos cien años desde la última vez que la tribu de Nastar entró en nuestros dominios. ¿Por qué habrían de romper la paz justo ahora que nuestra nación ha logrado recuperarse de aquella gran guerra?

El místico tardó unos instantes en dar su respuesta, tiempo durante el cual tiraba distraídamente de la manga de su túnica. Era un gesto compulsivo que delataba en él un gran nerviosismo, como si aquella fuese una situación que le desbordara. Supo entonces Burami, casi de forma instintiva, que aquellos tres poderosos guerreros habían venido con él, y que su gira estaba destinada a reclutar los mejores y más valientes caudillos de la región para hacer frente a un enemigo común. Porque incluso Burami sabía de aquella horda de salvajes conocida como la tribu de Nastar, que siglos atrás había causado la caída del glorioso imperio arkaniano –del cual la propia Silam provenía–, guiados por la ferocidad y el ingenio de su legendario líder a quien llamaban el Azote de la Pradera. Algunas historias acerca de aquellos guerreros habían pasado a ser consideradas una leyenda negra surgida de las febriles pesadillas de un loco, pero lo cierto es que durante los últimos cien años habían limitado su presencia a un apartado valle en las tierras que antaño pertenecieron a los antiguos reinos; comenzaba así una tregua tácita con las naciones que habían sido presa de su sed de destrucción. En sus vastos territorios eran invencibles, pero dentro de las fronteras de Silam no tenían oportunidad, y por eso la nación entera se había sentido segura de que ambos reinos podían coexistir sin necesidad de volver a la guerra permanente que habían vivido en el pasado. Ahora aquella paz estaba a punto de romperse, sin duda, debido a las ansias de poder de los nuevos líderes de Nastar; y la aldea de Burami, al estar situada en los límites del reino, era una de las más vulnerables.

—Los motivos no importan, Sidero –contestó finalmente Falar–. Si la tribu de Nastar atraviesa la frontera, no sólo vuestra región, sino el mismo corazón del reino estará amenazado. Debes acompañarme a reclutar a tus hermanos si quieres salvar lo que tienes. No hay manera de saber qué tan preparados están, pero dudo mucho que se arriesguen a una temeridad como esta sin estar seguros de la victoria. Con tu ayuda, podemos acabar con este peligro ahora, antes de que sea demasiado tarde.

—Lo que quisiera saber –insistió Sidero sin quitar la vista de encima de su visitante– es cómo alguien con tus habilidades no ha podido prever esto. Ciertamente un ataque de la tribu de Nastar es algo que no puede escapar a los ojos de los dioses y, por lo tanto, tampoco a los de uno de sus más destacados siervos.

El tono irónico de estas últimas palabras no escapó a los oídos de Falar, ni tampoco a los de ninguno de los presentes. Fue Dorgum Lanza Veloz quien habló esta vez para defender la urgencia de la situación.

—No hace falta que emplees ese tono, Sidero –dijo–. El Venerable Falar no está aquí para perturbar la paz de tu aldea, sino para ayudarnos a hacer frente a la mayor amenaza que se haya cernido sobre nuestras tierras en todo un siglo. Te rogamos que le escuches, que tomes tu escudo y tu espada, y te unas a nosotros en la lucha. El rey está formando un gran ejército a las orillas del Portos, y dicen que él mismo nos guiará en la batalla. Por qué los dioses han decidido guardar silencio es algo que se me escapa, pero no puede ser una razón para desconfiar de las palabras de su siervo.

Fue entonces cuando Burami sintió que nuevamente Falar posaba sus ojos sobre él, como si la presencia furtiva del joven contuviera un mensaje que no fuese capaz de descifrar. Las últimas palabras de Dorgum resonaron en la mente de Burami y le obligaron a recordar su experiencia del día anterior, y supo justo en ese momento lo que tenía que decir. Sin darse cuenta ni siquiera del instante en que había decidido interrumpir una reunión a la que tenía prohibido el acceso, dio un paso al frente y habló a todos los que se encontraban allí.

—No es cierto –dijo–. Los dioses sí han hablado. Ayer mismo.

—Burami –dijo Sidero, intentando no levantar demasiado la voz frente a sus huéspedes–, no es el momento. Vete de aquí, esta es una reunión de adultos.

Pero justo entonces Falar interrumpió, alzando la mano ante Sidero sin dejar de mirar fijamente al muchacho. Algo en los ojos de Burami delataba una gran revelación, y fuese lo que fuese, el místico sabía que era algo que debía escuchar.

—Un momento, Sidero –dijo, antes de dirigirse al hijo menor del clan–. Burami, ¿a qué te refieres con que los dioses han hablado ayer?

Burami pasó entonces a relatar su experiencia en los bosques negros, de cómo tras pelear con su hermano Asiru, había encontrado la caverna en medio de la maleza, y de cómo descubrió una recámara subterránea tan grande como un templo y en ella una figura gigante con el cuerpo hecho de un fuego que no quemaba y grandes cuernos negros que llegaban hasta el techo.

—Era él –dijo Burami–. Era el dios Trakan, lo sé. En aquel momento no le di importancia, tenía demasiado miedo. Pero ahora sé que estaba advirtiéndonos que la guerra se aproxima.

—Esto es ridículo –interrumpió Aliru–. ¿Por qué habría Trakan de aparecerse ante ti?

Aquellas palabras estaban motivadas por más que simple desprecio de las virtudes de su hermano; Aliru sabía, como todos aquellos reunidos en aquella sala, que Trakan, dios del fuego y también de la guerra, difícilmente se hacía ver ante alguien, mucho menos uno que no había sido iniciado en las armas. Sin embargo, Falar no parecía tan dispuesto como el joven guerrero a descartar alegremente la narración de Burami. En los ojos de aquel muchacho veía que su relato era sincero, y su visión, en caso de haber ocurrido realmente, arrojaba un poco de luz sobre aquel tortuoso asunto que se traían entre manos. Porque Falar, quien toda su vida había tenido una confianza ciega en sus propias habilidades, también se preguntaba cómo es que no había podido prever algo tan importante como una invasión de la tribu de Nastar en los dominios de Silam. Ahora aquel joven parecía tener la respuesta; si el dios del fuego se había manifestado ante un joven inocente para castigar el desmedido orgullo de aquellos guerreros y empujarlos así a salir de su cómoda posición y encarar al enemigo, entonces todo tenía sentido.

—No somos nadie para cuestionar las decisiones de un ser como Trakan –dijo Falar–. Si nuestra protectora Butomba no se ha manifestado ante nosotros para advertirnos de esta amenaza, tiene sentido que esto se deba a que el mismísimo dios del fuego y de la guerra ha querido dar el mensaje, y bien pudo haber escogido para ello a este muchacho. Dime, Burami, ¿qué te ha dicho exactamente?

—No alcanzó a decirme nada –dijo Burami, no sin cierta vergüenza–. Corrí antes de que pudiera hacerlo.

Aliru masculló entre dientes algunas palabras de ira frente a su hermano, que en aquel momento acaparaba la atención de todos. Falar continuaba mirándole fijamente, intentando desentrañar el mensaje de otras esferas que sentía se escondía en la mirada del muchacho. Finalmente dijo:

—Si buscabas un argumento para brindarnos tu apoyo, Sidero, no podías haber pedido uno mejor. El dios de la guerra se ha aparecido ante tu hijo, y no a aquel que ha sido entrenado y, por lo tanto, hubiese sido el más idóneo para dar por hecha una revelación favorable a tus designios. Sin duda alguna, Trakan ha escogido a tu hijo menor como su mensajero, enviándole una premonición del conflicto que nos amenaza y ante el cual no hay escapatoria. Si aprecias tu vida y la de los tuyos, vendrás conmigo ante el rey y le ofrecerás tus fuerzas en este momento cuando tu reino te necesita.

Sidero no dijo nada. Él también intentaba leer en Burami ese mensaje del que hablaba el místico, pero en su mente daba vueltas la idea de que Falar había aprovechado un posible delirio de su joven e inexperto hijo como un argumento a favor de movilizar a la aldea en una empresa que quizás probaría ser letal. Con todo y eso, sabía que no tenía realmente elección y que de ser cierto que Nastar planeaba invadir Silam, la guerra llegaría a sus tierras independientemente de que él fuera a buscarla o no. Su silencio fue suficiente prueba de su rendición ante Falar, quien sonrió y puso su mano sobre el hombro del patriarca, sellando así la alianza que comenzaba a formarse contra los enemigos del reino.

Aquello dio por finalizada la reunión. Los guerreros se levantaron y salieron uno a uno de la sala, dispuestos a iniciar el viaje a la próxima aldea para seguir captando adeptos. Esta vez Sidero iría con ellos, a sabiendas de que Falar repetiría la historia contada por Burami a aquellos incrédulos que pusieran en duda su voz de alarma. El místico fue el último en salir, y antes de hacerlo, colocó su mano sobre la cabeza de Burami y susurró en su oído unas palabras que el joven nunca repitió, pero que habrían de ser clave para lo que le quedaba de vida:

—Un mensaje de los dioses no es algo que alguien deba desdeñar, guerrero o no –dijo–. Si yo fuera tú, volvería a aquella cueva y escucharía lo que se me ha querido decir.

Y eso era precisamente lo que Burami haría apenas tuviera la oportunidad.

Partió a la mañana siguiente, a primera luz. No le resultó difícil ocultar su partida, ya que su padre y su hermano habían abandonado la aldea la tarde anterior para seguir a Falar en su misión de reclutar a los mejores guerreros de la región. La madre de Burami no logró, por lo tanto, ver a su hijo escabullirse de la casa y emprender el largo camino hacia los bosques negros, que luego de su odisea anterior no parecían ya tan peligrosos.

Al principio Burami temía no ser capaz de encontrar la caverna en la que se había refugiado de la lluvia y tenido su revelación, pero contra todo pronóstico no tardó en localizarla. Era como si su cuerpo recordara exactamente su ubicación y hubiese guiado sus pies con total confianza. Una vez allí, Burami sintió cómo un vacío se formaba en su estómago. Por un momento, estuvo a punto de abandonar sus intenciones y regresar corriendo a casa, pero no podía dejar de pensar en la mirada de Falar el día anterior, y de cómo le había prácticamente retado a encontrar de nuevo a Trakan y pedir consejo. Además, en esta ocasión, se hallaba en juego más que su infantil orgullo de hermano menor; esta vez era la vida de su familia y la de su aldea las que estaban en peligro, y si el dios del fuego y de la guerra tenía algo que decir, bien valía la pena correr el riesgo.

Así que Burami se adentró una vez más en la caverna. Esta vez había traído consigo una lámpara de aceite, robada de la cocina de su madre, y la encendió antes de abrirse paso a través del túnel. Tras un lento caminar en el que el muchacho escuchaba con atención cualquier sonido proveniente de la cueva por pequeño que fuera, la inmensidad de aquel recinto se abrió ante él y se halló en medio de la recámara donde había visto al dios rojo. Pero para su sorpresa, en esta ocasión aquella gran bóveda estaba vacía. El círculo de fuego que se había alzado en medio de la sala de roca ya no estaba, y la débil luz de la lámpara que Burami traía poco podía hacer para vencer la espesa oscuridad que le rodeaba en aquel momento. El silencio de la caverna era roto sólo por la respiración del muchacho, que no cesaba de mirar hacia todos lados en espera de la visión que había venido a encontrar.

Fue en ese instante cuando Burami pensó por primera vez en la posibilidad de que aquello que creyó haber visto no hubiese sucedido realmente, y que Falar simplemente hubiese utilizado su fantástico relato para alcanzar su propósito de llevarse a su padre y a su hermano. Aquel pensamiento llenó al joven de una angustia tremenda, al pensar que las historias de su familia acerca de los peligros del bosque y del papel que los dioses reservan a los más fieros guerreros habían terminado por trastocar su mente y hacerle perder el contacto con la realidad. Sólo por eso decidió esperar un poco más para comprobar si efectivamente aquel enorme ser que se había aparecido ante él apenas el día anterior hacía acto de presencia, pero nada ocurrió. Con la decepción asomándose ya a su cabeza, Burami se dio la vuelta para buscar la salida de la cueva, cuando una potente voz llenó de repente aquella oscuridad.

—Espera, no te vayas.

Aun cuando hubiese querido hacerlo, Burami no habría podido irse: la súbita irrupción de aquella voz le había dejado completamente paralizado. A pesar de que hablaba en susurros, era una voz fuerte y atronadora, tanto que se notaba que hacía un gran esfuerzo por no retumbar en el eco de la caverna y destrozar los oídos del muchacho. Burami sentía que un sudor frío comenzaba a correr por su espalda, y lentamente se dio la vuelta de nuevo para quedar en la posición inicial. Con mucho cuidado alzó la lámpara a pesar de que el eco hacía imposible determinar la dirección de la que provenía la voz, pero no vio nada. Sólo había la más absoluta oscuridad más allá del círculo de luz que portaba en su mano.

—Pensé que en la oscuridad sería más fácil hablar contigo –dijo la voz–. Pero puedo darte un poco más de luz, si me prometes no salir corriendo como la última vez. ¿De acuerdo?

Burami no podía hablar, puesto que las palabras se hallaban fuertemente en su garganta. Sólo pudo asentir con la cabeza como un tonto ante la pregunta de aquella voz surgida de las tinieblas que le hablaba con una dulzura fingida, trabajada y pulida, sin duda, después de numerosos ensayos. Entonces cayó en cuenta de que aquella voz no tenía el más mínimo vestigio de humanidad, que aquellos sonidos tan potentes eran proferidos por una garganta muy distinta a la de cualquier hombre que hubiese pisado la tierra. Con todo y eso, Burami no había venido hasta la caverna para huir de nuevo, y si debía arriesgar la vida para recibir la revelación que ante él se hallaba, con gusto lo haría. Así que no dijo nada y esperó pacientemente a que se hiciera la luz.

Esta finalmente llegó bajo la forma de un fuego que surgió de la nada frente a él, una hoguera alta que proporcionaba calor y luz, pero de la que, nuevamente, no salía nada de humo. Burami, sin darse cuenta, dejó caer la lámpara de aceite, la cual no se rompió, mas inevitablemente terminó apagándose en el suelo. El muchacho ni siquiera se detuvo a mirarla, ya que su mirada estaba fija en la criatura que se alzaba detrás de las llamas, justo frente a él.

Era, sin lugar a dudas, el mismo ser que había visto el día anterior, sólo que esta vez Burami pudo detallarlo un poco más. Era enorme, más que cualquier criatura que jamás hubiese visto. Su cuerpo era robusto, de grandes patas terminadas en garras negras, y completamente cubierto de escamas de un brillante color rojo que le hacía ver como parte del fuego que ardía frente a él. Su cabeza de reptil estaba coronada con grandes cuernos de color negro tan grandes como el propio Burami. Pero lo más impresionante eran sus grandes ojos azules, poseedores de una mirada inteligente que parecía examinar a Burami con gran atención. Aquella mirada daba a la criatura un aire muy alejado de la idea de monstruo que su cuerpo sugería, y sus ojos parecían sonreír divertidos ante el miedo que Burami sentía al hallarse a merced de una bestia como aquella. Si el muchacho hubiese podido moverse, sin duda alguna, habría caído de rodillas ante aquella visión.

—No tengas miedo –dijo finalmente, y al hablar, Burami pudo entrever una hilera de largos y afilados dientes que ciertamente no ayudaban a tomar en serio su petición–. Te he estado esperando. Anoche soñé que venías a esta caverna a verme, y supe entonces que nuestro encuentro de ayer no fue casual, aunque en un principio lo haya parecido.

—No sabía que los dioses tuvieran sueños –dijo Burami, apenas consciente de lo que decía.

En ese momento, la mirada de la criatura cambió a un gesto de extrañeza, como si no entendiera realmente las palabras del muchacho.

—Me gusta la lluvia sobre mi cara tan poco como a ti, y ayer entré en esta caverna para refugiarme. Me encontraste en mitad de una meditación ayudada por el círculo protector de fuego en el que me hallaba. Si no hubieses salido corriendo, quizás te habrías dado cuenta de que estaba tan sorprendido como tú de tener compañía. Esa es la historia de nuestro encuentro, y si crees que soy un dios, estás muy equivocado.

—De manera que entonces no eres Trakan, el dios del fuego y de la guerra.

—Mi nombre, si lo quieres saber, es Nirig-Naa, y por si no resulta evidente al verme, he de decirte que soy un dragón.

—Pensaba que los dragones eran monstruos. No sabía que fuesen capaces de hablar.

El dragón rojo pareció acomodarse para estar más cerca de Burami, mientras que este continuaba sin poder moverse. Poco a poco, la voz de aquella criatura se hacía más apacible, aunque el muchacho sospechaba que esto era un efecto propiciado más bien por algún extraño poder en aquellos ojos azules que se clavaban en su rostro.

—Algunos sí lo hacemos –fue su respuesta–, y tus palabras demuestran lo poco que sabes del tema. Dime, ¿acaso habías visto algún dragón en tu vida?

Burami negó con la cabeza. La verdad es que fuera de las leyendas que le contaba su padre, su conocimiento sobre dragones y otras bestias fantásticas era bastante limitado. Tenía entendido que no había habido criaturas de aquel tipo en aquellas tierras desde tiempos muy remotos.

—¿Cómo te llamas, jovencito?

—Burami –respondió el muchacho, casi inmediatamente.

—Muy bien, Burami –dijo Nirig-Naa–. Debes saber que yo, personalmente, otorgo una gran importancia a los sueños, y si algo me dijo que debía volver a esta caverna a buscarte precisamente a ti, un joven muchacho armado sólo con una lámpara de aceite, entonces significa que tras nuestro encuentro hay algo importante. Dime, ¿por qué has venido?

Burami pasó entonces a relatar la reunión del día anterior entre su padre y el místico Falar. El joven habló de la tribu de Nastar, y de cómo los mejores guerreros de su región estaban formando un gran ejército para enfrentarse a ellos en lo que desde ya se perfilaba como una guerra suicida. Asimismo, Burami lamentó que la idea que había tenido en un principio fuera errada y que Nirig-Naa no fuera efectivamente el dios Trakan y, por lo tanto, no pudiera darle una revelación acerca del destino de su pueblo y de cómo sobrevivir a la terrible amenaza que se cernía sobre ellos.

—Lo que dice ese hombre es cierto –dijo Nirig-Naa–. La tribu de Nastar está reuniendo sus fuerzas para invadir Silam, es sólo cuestión de tiempo antes de que lo hagan. Tu padre y los suyos hacen bien en prepararse.

—¿Crees entonces que el motivo por el cual nos hemos encontrado es ese? ¿Crees que de alguna manera estábamos llamados a vernos aquí para salvar a mi pueblo?

Aquella era una conclusión arriesgada, pero Burami creía firmemente que el hecho de que hubiese confundido a Nirig-Naa con Trakan no era una casualidad, y mucho menos que los dos se hubieran encontrado justo cuando Silam se enfrentaba de nuevo a sus enemigos. El inmenso dragón rojo pareció meditar sobre esta idea, hasta que finalmente contestó.

—Tenemos más en común de lo que crees, Burami; yo pertenezco a la nación de dragones de Xinji, y como tú soy un paria entre los míos. No porque no pueda igualarlos en el campo de batalla, sino porque a diferencia de ellos creo que nuestras dos razas, humanos y dragones, están llamadas a un destino común. De allí mi entusiasmo a acudir a una cita que se me apareció en sueños y a la que tú, por lo visto, también has sido invitado, aunque por motivos propios. Hubo una época en la que hombres y dragones compartían una misma visión del mundo, pero de eso ha pasado ya mucho tiempo, y las guerras entre los hombres han ayudado a ampliar esa separación entre nuestras especies. Verás, Burami, yo no puedo ayudar a tu pueblo a luchar contra la tribu de Nastar. Pero sigo creyendo que ambos estamos aquí por una razón; y si lo deseas, yo te ayudaré para que seas tú quien lleve a tu gente a la victoria.

—¿Yo? –preguntó el joven–. ¿Cómo puedo yo llevarlos a la victoria? No soy un guerrero. Si lo deseas, puedo traer ante ti a mi hermano, Aliru.

—Los dioses te han traído a ti, no a tu hermano. Con mi ayuda, Burami, tú serás más que un guerrero. Si lo deseas, si tienes el valor necesario para afrontar este reto, yo puedo convertirte en un Dragún.

Aquella palabra era desconocida para Burami, y Nirig-Naa no tardó en darse cuenta.

—Un Dragún –continuó– es más que un hombre. Es alguien que guarda dentro de sí el conocimiento de aquellos tiempos en los que hombres y dragones vivían y luchaban juntos. Un guerrero Dragún se convertirá en el símbolo de la resistencia de Silam y guiará la lucha contra la tribu de Nastar mejor que cualquier bandera. El camino será largo y duro, y ni siquiera puedo garantizar que tengas éxito. Pero si lo haces, tu padre comprobará que se equivoca al creer que estás destinado únicamente a servir a tu hermano mayor.

Ante aquella oferta, Burami no sabía qué decir. El dragón parecía sincero en su desmedida fe en las habilidades de un joven desconocido, o al menos en la certeza de una premonición que se hubiese aparecido a él bajo la forma de un sueño. Algo le decía, además, que no tenía nada que temer. Después de todo, si Nirig-Naa hubiera querido matarle, podría haberlo hecho incluso antes de que Burami pudiese verlo en la oscuridad de la caverna. El nombre de Xinji, la nación de dragones mencionada por aquel gigante rojo, continuaba resonando en su cabeza, aunque Burami no se sentía capaz de ser un guerrero como sus gloriosos antepasados.

Pero en ese momento recordó el afligido rostro de su padre al concluir la reunión del día anterior y se dio cuenta de que el jefe de su clan familiar no contaba realmente con la victoria sobre la tribu de Nastar. Alguien debía ayudarle, y a pesar de no tener mucha confianza en sus habilidades como guerrero o de guardar más de un rencor contra su hermano Aliru, de una cosa sí estaba seguro Burami, y era de que daría gustoso su vida por proteger a su familia de cualquier amenaza. Con ese objetivo en mente, tener de aliado a una poderosa criatura como Nirig-Naa sólo podía ser una ventaja.

—Si en verdad lo crees –dijo Burami, armándose de valor–, si en verdad tienes fe en que los dioses nos han hecho encontrarnos, te llamaré maestro y dejaré que me conviertas en un Dragún. Si con ello puedo salvar a mi padre y a los míos, me pondré a tu servicio.

—Como Dragún, no es a mí a quien has de servir –contestó Nirig-Naa–. Tu lealtad debe ser para Xinji, la antigua ciudad de los dragones que un día habrás de salvar. Pero todo eso será revelado en su debido tiempo. Una vez que te conviertas en aquello que estás destinado a ser, habrás de jurar tu alianza ante el resto de mis hermanos, la poderosa nación exiliada que espera a su salvador. Ganarte su confianza requerirá una prueba de tu valor, Burami. No todos ellos creen en las palabras que te he dicho o en lo que tú estás llamado a hacer. Pero yo he venido hasta aquí guiado por algo más fuerte que nosotros dos, y sé que estoy en lo cierto.

Burami no lo sabía realmente en aquel momento, pero con aquellas palabras Nirig-Naa acababa de sellar un pacto entre los dos que habría de cambiar para siempre sus vidas. Con únicamente la luz de aquella gran hoguera entre ellos, el joven humano y el dragón rojo parecían unidos por una misma idea que poco a poco comenzaba a tomar forma; y por primera vez, el muchacho entendió que de aquella criatura emanaba una energía que sólo podía llamar magia, algo muy parecido a lo que él esperaba. Aún sin saber todo lo que implicaba su consejo, el místico Falar había estado en lo cierto al empujar a Burami hacia su visión, y ahora la posibilidad remota de salvar a su aldea –y a toda Silam– de los horrores de una larga y cruenta guerra que estaba por iniciarse era todo lo que importaba.

De manera que fuese Silam o Xinji, la vida del joven Burami acababa de cobrar un nuevo sentido, y a través de los años serían varias las ocasiones en que recordara aquel instante como el momento en el que había dejado de ser un niño.

IV

El tiempo pasó y la historia fuera de aquella caverna siguió su curso, a veces más vertiginosamente de lo que la paciencia de Burami podía aguantar. Treinta días después de la reunión en la que el futuro de su aldea había sido decidido, el muchacho tuvo la noticia de que la tribu de Nastar había finalmente cruzado la frontera e invadido Silam desde las provincias del norte. El número de guerreros que habían realizado tal proeza variaba de boca en boca, pero todo parecía apuntar a un ejército descomunal formado por miles de hombres armados, salvajes de rostros pintados a quienes nada podía hacer frente. El padre de Burami había dispensado al joven de sus obligaciones para con su hermano mayor para que pudiera quedarse en casa a proteger a su madre. En realidad, aquello había sido sólo una excusa; corría el rumor en la aldea de que Sidero no deseaba que su hijo menor se inmiscuyera en una batalla que le superaba. Mes a mes llegaban las noticias del frente, que contaban cómo Silam perdía y reconquistaba territorios, y mantenía un eterno pulso contra unos invasores que no parecían quedarse jamás sin refuerzos. Mientras tanto, los recursos de las regiones periféricas comenzaban poco a poco a mermar, y el hambre comenzó a hacerse sentir por aquellas antes fértiles tierras.

De esta forma pasaron varios años, durante los cuales la población se vio sumida en una guerra que parecía no tener fin, una que consumía no sólo los recursos de aquellas provincias, sino también a sus jóvenes, que habían pasado a formar parte del ejército de Silam.

Contrariamente a lo que todos habían pensado, Burami habría ido gustoso a la batalla a acompañar a su hermano Aliru. El tiempo había forjado al muchacho mejor de lo que cualquiera habría podido esperar; y con apenas dieciséis años, ya era capaz de batirse con muchos de aquellos que le superaban en edad. Tras años sin ser sometido por la autoridad de su hermano mayor, el joven había terminado por tomar las riendas de su casa y asumir por entero la protección no sólo de su madre, sino de toda la aldea, pero el hecho de no haber recibido jamás entrenamiento como guerrero hacía que nadie tomase realmente en serio su valor. Ninguno de ellos sabía la verdad acerca de esos misteriosos paseos que Burami hacía por el interior de los bosques negros, con la excusa de cazar lobos y otras bestias peligrosas que amenazaban la seguridad del poblado.

Nirig-Naa había cumplido su promesa. En los años que había estado bajo su tutela, Burami había aprendido de él todo lo que puede saberse del complicado arte de la lucha. Durante todo el primer año no llegó a empuñar un arma, pues debía aprender primero cómo defenderse únicamente con la ayuda de su propio cuerpo. El dragón rojo parecía capaz de hablar dentro de la mente del joven y guiar cada uno de sus movimientos, pero sobre todo le había enseñado a escuchar cuidadosamente a cada uno de sus músculos, y logró afilar su percepción hasta un punto que jamás pensó alcanzar. Para el momento en que su maestro puso por primera vez un arma en sus manos –un aparentemente inofensivo bastón de madera–, Burami llegó a sentirlo como una extensión más de su cuerpo, y supo que su entrenamiento apenas había comenzado.

Pero a pesar de que él habría marchado gustoso a la guerra, Burami sabía que debía tener paciencia; al ser el hijo menor de su clan familiar, nunca sería admitido como guerrero, por lo que sólo como Dragón lograría ayudar a su pueblo. Mientras tanto la lucha seguía, cada mes llegaban noticias de más batallas que hacían de más mujeres viudas y de más niños huérfanos. La madre de Burami esperaba, con el corazón en un puño, las noticias de la horrible muerte de su esposo y de su hijo mayor, pero estos seguían luchando en el frente. Burami pensaba que los dioses tenían otro plan para Sidero y Aliru, y que tarde o temprano ellos habrían de luchar a su lado. Esa idea era lo único que le mantenía en calma.

Gran parte del entrenamiento de Nirig-Naa, sin embargo, nada tenía que ver con la guerra. El dragón y su pupilo pasaban largas horas hablando sobre diferentes temas. Nirig-Naa parecía especialmente interesado en saber más de los gloriosos antepasados de su discípulo, y así fue como aprendió que el tatarabuelo de Burami había llegado a formar parte de los guerreros de élite de la capital de Silam, y había, por lo tanto, empuñado las anheladas armas de calantio que sólo aquella casta de soldados podía poseer. La mención del metal sagrado de Butomba hizo brillar los ojos azules del dragón, y fue seguramente lo que llevó a Nirig-Naa a compartir con Burami la historia de su nación y los motivos de su exilio.

Nirig-Naa nunca había visto Xinji, la isla de donde todos los dragones provenían, pero eso no le impedía conocer con todo detalle el origen de su pueblo. En un punto lejano de la historia, todos los dragones que en ella habitaban habían sido expulsados por un terrible monstruo que incluso hoy dominaba la isla como un usurpador. Desde ese entonces la alianza entre los dragones y los humanos, que una vez habían convivido en Xinji, se había roto, y los primeros habían pasado a ser bestias que poblaban las leyendas del mundo de los hombres. No obstante, una antigua profecía anunciaba que un guerrero Dragón liberaría Xinji y forjaría una nueva alianza que restauraría el viejo orden. Nirig-Naa se contaba entre los más fervientes seguidores de esa profecía, y la defensa de esa idea le había llevado a enfrentarse con el mismísimo rey de los dragones, Volren-Naa, defensor de las más antiguas tradiciones de la nación y que había visto con horror cómo los humanos extendían sus dominios mediante guerras fratricidas. Para el rey, la raza de los hombres no era más que una horda de monstruos capaz de las mayores atrocidades. Nirig-Naa, que había estudiado de cerca las naciones humanas, no era de la misma opinión; y este choque de ideas había escalado hasta el punto en el que el dragón rojo, uno de sus más prometedores discípulos, había sido expulsado de su ciudadela natal, Antok, hacía años, y no había vuelto a ver a sus hermanos desde entonces.

Con esto supo Burami que Nirig-Naa era también joven, aunque resultaba imposible saber cuántos años había andado sobre la tierra. No pocos, sin duda, teniendo en cuenta su dominio de las artes mágicas y su gran sabiduría. Sin embargo, el entusiasmo y la ciega fe en sí mismo de su maestro le delataban como un dragón que todavía no había alcanzado del todo la madurez. Burami, evidentemente, nunca le mencionó sus impresiones.

Parte de la formación de Burami como Dragún yacía en un contacto con la naturaleza que Nirig-Naa consideraba esencial. El joven aprendió a escuchar con todos los sentidos alerta y a conocer todas y cada una de las criaturas que poblaban aquellos parajes. En ocasiones se vio obligado a hacer frente a peligrosos animales, contra los que debía luchar con las manos desnudas, algo que incluso los más fieros cazadores de su aldea no se hubiesen atrevido jamás a hacer. Burami salió victorioso de todos estos encuentros, pero el tiempo pasaba y continuaba sin tener la oportunidad de medir sus fuerzas contra las de otro hombre. Nirig-Naa le contaba historias acerca de terribles monstruos que habitaban las regiones más oscuras del planeta y a los que incluso los dragones temían, seres innombrables a quienes los hijos exiliados de Xinji habían despertado de su largo sueño en las profundidades de la tierra por ellos excavada, pero nada de esto hacía que Burami olvidara dónde se encontraba la verdadera amenaza: en los ejércitos de la tribu de Nastar, que año tras año debilitaban cada vez más las defensas de Silam.

—No podrás ayudar a tu gente si no tienes la debida paciencia –decía Nirig-Naa–. Cuando llegue el momento, deberás estar listo, y no sólo tu cuerpo deberá ser el de un guerrero, sino también tu espíritu. Recuerda que tu verdadera lealtad debe estar dirigida a Xinji, y de nada nos servirás muerto, lo que seguramente sucederá si partes a la guerra antes de estar preparado.

Estas reprimendas no hacían sino aumentar la impaciencia de Burami, quien no descuidó ni un segundo su entrenamiento. Pronto comenzó a pasar cada vez más tiempo en aquellos bosques, a prepararse para una lucha que tardaba demasiado en llegar. Siguiendo las instrucciones de su maestro, el muchacho no había revelado a nadie la existencia del dragón rojo, y había conseguido mantener en secreto también sus habilidades adquiridas gracias a su meticulosa formación.

Pero pronto llegó el día en que la espera finalmente acabó.

Ese día comenzó como cualquier otro, y así habría continuado de no ser por la llegada de un hombre a caballo que entró en la aldea a todo galope. El pueblo entero se reunió a su alrededor, ya que aquel hombre portaba el estandarte del rey de Silam, lo que en aquellas regiones apartadas sólo significaba noticias importantes. El semblante de angustia del mensajero indicaba además que aquellas noticias no serían bien recibidas por ninguno de los presentes.

El jinete se detuvo en medio de la plaza. Burami, como todos los demás, se acercó curioso de escuchar las nuevas que se traían del frente. Su madre se aferraba a su fornido brazo, con la tensión propia de quien constantemente espera la llegada de la fatalidad. El desconocido, sin bajar de su caballo, lanzó su voz a todos los presentes declarando lo que en el fondo todos sabían, mas nadie se atrevía a nombrar: la tribu de Nastar se acercaba.

Burami escuchaba atento mientras el mensajero anunciaba que los enemigos de Silam habían conquistado la provincia vecina, y todo permitía suponer que su siguiente objetivo sería la tierra en la que ellos mismos se encontraban. La ciudad más grande de la región, que se hallaba a tan sólo diez días de distancia, había desaparecido bajo las llamas. De momento, los ejércitos del enemigo estaban agotados tras el combate, pero no tardarían en organizarse nuevamente, y su búsqueda de provisiones les llevaría de forma inevitable a aquella aldea, en busca de los recursos necesarios para continuar la lucha. El hecho de que tampoco allí los hubiera en abundancia no haría sino enfurecerlos, con las sabidas consecuencias.

Cualquier persona razonable hubiese aconsejado a aquellos aldeanos evacuar el pueblo enseguida, pero incluso en esto la suerte parecía haberles abandonado; en realidad no había lugar a donde ir. La aldea de Burami estaba en la periferia de Silam, y las zonas más allá de las fronteras naturales del reino eran inhóspitas e inseguras, como casi todas luego de la caída del imperio arkaniano. Los poblados más cercanos habían ya perecido ante las hordas nastarianas, y el ejército invasor se interponía entre los aldeanos y las fuerzas silamitas que hubiesen podido prestar su ayuda. Los gritos de horror y las alarmadas voces de la gente del pueblo dejaban entrever el pánico que poco a poco se iba apoderando de la población. Finalmente fue Burami quien dio un paso al frente, encaró al mensajero e hizo callar a todos los presentes.

—Sidero Espada de Fuego, héroe de esta aldea, partió a la guerra hace más de tres años con su hijo Aliru. ¿Sabe él de esta amenaza que se cierne ahora sobre su pueblo?

—Lo sabe, efectivamente –dijo el mensajero, mirando fijamente a Burami y reconociendo en él al hijo del hombre de quien hablaba–. Tu padre y tu hermano han reunido a un puñado de hombres y se acercan aquí a paso veloz, pero ni siquiera la voluntad de los dioses les hará llegar a tiempo para evitar el ataque. No os queda otra opción más que armaros como podáis y enfrentar a la horda con todo vuestro valor.

Aquellas arengas militares resonaron en los oídos de Burami como el mayor ejemplo de cinismo jamás proferido por boca humana. Luchando contra la rabia que comenzaba a agolparse en su pecho, señaló a la gente que se hallaba a sus espaldas y dijo:

—¿Luchar? ¡Estas personas aquí son en su mayoría campesinos, mujeres, ancianos y niños que habéis dejado solos en la región más apartada del reino!

El mensajero no pareció amedrentarse por la ira del muchacho. Desde la seguridad de su uniforme miró con desprecio a Burami y le habló como a un ser inferior.

—Su majestad, el rey de Silam, necesitaba la ayuda de todos vuestros guerreros para hacer frente a esta amenaza. Estáis obligados bajo su autoridad y la de la diosa Butomba a asistirle sin dudarlo.

—Y ahora ha sido precisamente el rey y la Diosa quienes nos han dejado desamparados cuando más les necesitábamos. ¡Y tenéis el coraje de exigir valor tras haber despojado a esta gente de sus protectores!

El soldado que había traído el mensaje no parecía tener tiempo para escuchar las protestas de Burami ni la blasfemia proferida contra Butomba. Sin dignar su intervención con una respuesta, espoleó a su caballo y dio media vuelta para volver por donde había venido. Una vez que se hubo marchado, el pánico se apoderó de la gente. Algunos corrieron a sus casas a prepararse para una huida que a todas luces parecía suicida, pero la mayoría sabía que en cuestión de tiempo la tribu de Nastar llegaría a aquella aldea y que en ningún sitio estarían a salvo.

En medio del caos, nadie prestaba atención a Burami, que pensaba en aquello que había escuchado y calculaba el tiempo del que disponía antes de la llegada de la horda enemiga. La carrera desesperada de la gente del pueblo le hizo entender que la decisión acerca de lo que había que hacer había recaído enteramente sobre él. Su madre, que en ningún momento le había soltado, le miraba a los ojos intentando encontrar en él algún atisbo de esperanza ante el horror que se acercaba. Burami la tomó de los hombros y le pidió que fuera a casa y le esperara allí, le advirtió que su ausencia podría prolongarse algunos días, pero que volvería por ella. La pobre mujer intentó preguntar a su hijo adónde podía ir en aquel momento de total incertidumbre, mas el joven no le permitió interrogarle. Sin hacer caso de los ruegos de su madre, corrió fuera del pueblo y se dirigió a los bosques negros, en busca del único ser en el mundo que le podía ayudar.

Burami encontró a Nirig-Naa una vez más sentado en medio del círculo de fuego, meditando como otras tantas veces. En los últimos tiempos, el dragón había estado hurgando en los límites de sus propias habilidades mágicas, haciéndose cada vez más dependiente de las conexiones sobrenaturales que parecían ser su auténtico legado y conformar su verdadera sabiduría. Al ver al joven humano acercarse con aquella ansiedad en su mirada, salió de su voluntario estupor dispuesto a escuchar las palabras que pudo adivinar en su discípulo mucho antes de que salieran de su boca.

—La guerra ha llegado hasta aquí –dijo Burami–. Es ahora o nunca.

Nirig-Naa únicamente asintió con la cabeza.

Los días siguientes fueron la prueba más dura a la que Burami se hubiese enfrentado jamás. Luego de su última conversación con su maestro, cuando este finalmente accedió a poner punto final a su entrenamiento, el dragón rojo hizo desaparecer con un gesto el círculo de fuego que le rodeaba y dijo:

—Todo el entrenamiento que has recibido hasta este día te ha dado habilidades que ni siquiera sospechas. Recuerda que la verdadera esencia de un Dragún es el poder proveniente de Xinji, y nada sobre la tierra responde a ese poder tanto como el calantio, el metal sagrado que une a nuestras dos especies y que el pueblo de Silam usa, aunque sin sospechar el verdadero origen de su utilidad. Yo forjaré ese metal y crearé armas de calantio para ti, y con ellas llegará tu auténtica prueba.

—¿Dónde puedo conseguir el calantio? Sólo los acólitos de Butomba y el rey de Silam saben dónde se encuentran las minas.

—Un miembro de tu linaje ya ha llevado consigo ese metal sagrado. Ahora tú debes tomarlo, pues es el legado que él dejó. Entra en su tumba y tráeme sus armas. Con ellas, yo crearé las de un Dragún.

En cualquier otra circunstancia, la idea de profanar el sepulcro de su tatarabuelo habría parecido a Burami el mayor de los sacrilegios, pero su desesperación pudo más que cualquier pudor que pudiese sentir para con su linaje. Estaba en juego algo mucho más importante que el honor de los muertos. Esa misma noche, mientras toda la aldea se reunía ante el altar de Butomba para implorar a ella —y a todos los dioses— una salvación imposible, Burami rompía el antiguo cerrojo del mausoleo de su familia y descendía a la fría oscuridad donde se hallaban los cuerpos de sus antepasados; todos ellos ataviados con sus ropas y armas de guerra, como preparados para una batalla que nunca habría de llegar. Los ritos de Silam exigían que el cuerpo de un guerrero se dispusiera sobre una losa de piedra vestido con su indumentaria de combate, expuesto al aire de la tumba, y nadie habría cometido la osadía de robar el atuendo o las pertenencias de alguno de aquellos cadáveres y atraer así la maldición de toda una línea familiar. Burami, sin embargo, habría aceptado gustoso dicha maldición si con ello lograba poner a salvo a los suyos, a aquellos que aún estaban con vida.

Al fondo de aquellas tétricas galerías, al final de un largo pasillo flanqueado a ambos lados por los nichos donde yacían esqueletos cubiertos de telarañas y oxidadas armaduras de hierro y acero, el joven aprendiz encontró aquello que buscaba. En un altar de piedra tallado con los símbolos de los paladines de Silam, yacían los restos mortales de Garomar el Fuerte, el más grande guerrero que jamás había nacido en aquellas tierras. Sobre su pecho reposaban su escudo, su lanza y su espada, y una simple mirada bastaba para apreciar que no eran como las gastadas reliquias que adornaban por doquier aquella tumba. Cuando Burami pasó la mano por la capa de polvo que cubría el escudo de su tatarabuelo, el brillo sobrenatural del calantio invadió sus ojos y le reveló como nada su destino. El joven tomó aquel escudo y lo colocó junto al altar, y fue entonces cuando vio que la espada de su antepasado no era un arma convencional, sino una de las legendarias *sam*, larga, delgada y ligeramente curva como siempre habían sido descritas, y de unas dimensiones que la harían imposible de manejar de no estar hecha de calantio. Era, de hecho, increíblemente ligera; y cuando Burami la tuvo en su mano, descubrió que se sentía extrañamente cómodo con ella, como si aquella arma prodigiosa hubiera estado destinada para él desde un principio.

Casi era un crimen pensar siquiera que aquella espada que había visto tantas gloriosas batallas habría pronto de ser fundida y convertida de nuevo en el metal líquido de donde surgió.

Burami tomó luego la lanza y el yelmo del cadáver, que también estaban hechos de calantio, y con sus cuatro recién adquiridos tesoros, salió de la tumba. Una vez que estos estuvieron frente a su maestro, el dragón rojo pronunció a Burami sus siguientes instrucciones en un tono solemne que delataba una gran importancia.

—Necesitaré siete días para forjar las armas: dos para la lanza, otros dos para el escudo, y tres para la espada que habrás de llevar. Durante ese tiempo no debes entrar a esta caverna, puesto que el ritual que debo realizar no debe ser jamás presenciado por ojos humanos. Entretanto, tú deberás volver a los bosques, solo, sin armas de ninguna clase. En las copas de los árboles crece una planta que produce dos tipos de flor: una blanca que se abre durante el día y otra roja que lo hace durante la noche. Toma un ejemplar de cada una de estas flores y espera en el bosque hasta que venga por ti una bestia. No sé cuál será, pero la reconocerás cuando la veas, porque en ella verás reflejado algo de ti mismo. Debes matar a este animal, sacarle el corazón y comerlo. Conservarás la sangre de ese corazón. Con ella, agua y las dos flores, deberás preparar una pócima que beberás a lo largo de los siete días que me tome preparar tus armas, y prescindirás de cualquier otro alimento. Una vez que hayas bebido toda la poción, vuelve a esta caverna y te enfrentarás a tu última prueba.

Burami no se detuvo ni un instante a cuestionar aquellas instrucciones, por extrañas que le parecieran. Había pasado suficiente tiempo junto a Nirig-Naa para saber que no debía dudar de la importancia que su maestro daba a los rituales, especialmente aquellos que provenían de la ancestral cultura de su nación. Inmediatamente se dirigió a los bosques, y una vez que respiró el aire fresco del exterior se dio cuenta de que había llegado el amanecer.

Sus ojos se posaron sobre el primer árbol que consideró posible trepar. Rápidamente se impulsó con brazos y piernas hasta su copa, desde donde pudo ver una gran parte del bosque. Efectivamente allí, aferrada a las ramas cual parásito, una planta minúscula se erguía buscando los rayos del sol. Coronaba esta planta una pequeña flor de delicados pétalos blancos como las nubes. Burami extendió la mano y cogió aquella flor, dejándola prendida de su camisa mientras bajaba del árbol. Las ramas eran demasiado delgadas para sostener su peso durante mucho tiempo, y debía esperar hasta la noche para que las flores rojas se abrieran.

Aquella espera fue una dura prueba para el joven guerrero. La mayor parte de ese tiempo la pasó haciendo cálculos en su mente; en menos de diez días los soldados de Nastar entrarían en su aldea y pasarían a la población a cuchillo, y él debía esperar siete a que sus armas estuviesen listas. Esos siete días estarían mejor empleados preparando a la población, armando las defensas de la aldea, entrenando a todo aquel que tuviese la fuerza suficiente para empuñar un arma. Pero Burami sabía que nada de aquello tendría sentido; la aldea había sido despojada de todos sus guerreros por las fuerzas del rey de Silam y no quedaba nadie capaz de defenderla aparte de él. Si las fuerzas de Sidero y Aliru no llegaban a tiempo, nada impediría la total destrucción de su pueblo natal. Sin embargo, Burami estaba convencido de que él al menos podía mantener a raya a los invasores el tiempo suficiente para que llegaran su padre y su hermano, y sabía que Nirig-Naa no le defraudaría.

Pero aún sabiendo esto, la espera se hizo eterna.

Al caer la noche, Burami subió nuevamente hasta la copa de los árboles esperando encontrar los primeros rayos de luna. El astro nocturno estaba allí, iluminando el bosque con su fulgor plateado. Burami observó fijamente la planta que había hallado aquella tarde y esperó ansioso a que se abriera aquella flor roja que Nirig-Naa había mencionado. Cuando esta finalmente lo hizo, el joven notó que no se parecía en nada a la que llevaba en su camisa. Esta segunda flor era grande y con pétalos que se abrían como las alas de un pájaro de fuego. El que una planta fuera capaz de producir dos flores diferentes era algo que Burami no se atrevió a cuestionar, simplemente arrancó la que se ofrecía ante él y bajó del árbol dispuesto a cumplir con la segunda parte del ritual.

Entonces, cuando ya se disponía a poner pie en tierra, sintió que un objeto viscoso se enroscaba alrededor de su pierna y apretaba con fuerza. Burami perdió el equilibrio y estuvo a punto de caer de bruces al suelo húmedo del bosque, pero instintivamente se aferró al tronco con ambas manos. En ese momento observó lo que había ocurrido; una enorme serpiente verde, habitante de aquellos bosques, había sentido curiosidad por aquella extraña criatura bípeda en los árboles y se había abalanzado sobre él. Nirig-Naa se habría enfurecido de saber que su discípulo había bajado la guardia hasta el punto de ser presa fácil de uno de los depredadores más letales del bosque, pero ya habría tiempo para pensar en reprimendas. Cuando la enorme cabeza de aquel monstruo se lanzó contra él, Burami cogió sus mandíbulas con una de sus vigorosas manos, quedando las fauces de la criatura a escasos centímetros de su rostro.

La serpiente se sacudía de rabia mientras su cabeza luchaba por soltarse de la prensa que Burami había hecho con su puño. El cuerpo del joven permanecía pegado al tronco mientras con la otra mano buscaba impedir que los gruesos anillos de su contrincante se enroscaran alrededor de su cuello. Con su pie había conseguido mantener presionado parte del cuerpo de la serpiente contra el suelo, pero ya podía ver que el resto de aquel animal comenzaba a deslizarse desde el árbol. Si no lograba zafarse enseguida, podía darse por muerto.

Con sus últimas fuerzas, Burami golpeó la cabeza de la serpiente contra el tronco, y aunque la fuerza del golpe sólo logró aturdir temporalmente al animal, tuvo la feliz consecuencia de hacerle soltar su pierna durante un segundo, que el joven aprovechó para saltar fuera de su alcance. El monstruo terminó de bajar del árbol y allí pudo Burami apreciar lo enorme que era. Él había visto aquellas grandes serpientes antes, pero siempre desde la seguridad que da la distancia. Nunca había matado a una porque no había necesidad de ello; aquellas criaturas vivían en los árboles y se dedicaban a cazar animales tontos que se descuidaban en sus dominios. Pero sabía también que incluso en tierra eran letales, ya que la fuerza de sus anillos les ayudaba a lanzarse a gran velocidad sobre sus presas, como él estaba a punto de comprobar.

La serpiente lo miró con sus ojos amarillos durante largo rato, como si no pudiese decidirse a hacer el primer movimiento. Cuando finalmente se lanzó hacia él, Burami giró sobre sus pies esquivando apenas el ataque de aquellas fauces que rozaron su garganta. Inmediatamente, se aferró a su cabeza con ambas manos y la puso contra el suelo, impidiéndole moverse. El cuerpo de la criatura se retorcía y buscaba enroscarse alrededor de Burami para asfixiarlo, pero el joven guerrero fue más veloz. Afincando sus rodillas sobre la cabeza del monstruo, cerró el puño y descargó toda su fuerza en la base del cráneo de la criatura. Cercenó su vida de un solo golpe. Los enormes anillos de la bestia cayeron al suelo como si el alma de aquel animal hubiese escapado, y ya no volvieron a moverse.

Jadeando a causa del esfuerzo y con el corazón acelerado por lo cerca que había estado de morir, Burami contempló al monstruo muerto bajo su mano y supo que aquella era la bestia que Nirig-Naa había profetizado: una criatura terrible surgida de su propia impaciencia y de su casi mortal descuido. Buscando un trozo de madera puntiaguda que le sirviese de cuchillo, abrió el cuerpo de la serpiente en canal y extrajo de ella el corazón, pequeño a pesar del tamaño del monstruo. Luego vació su bota de agua y la llenó con la sangre de la criatura, tras lo cual se dispuso a terminar el ritual.

Al borde de un riachuelo Burami encontró un trozo cóncavo de corteza en el que trituró las dos flores que había conseguido en el árbol, convirtiéndolas en una pasta que mezcló con la sangre de la serpiente y un poco de agua. Aquel preparado tenía el sabor más horrible que jamás hubiese probado, pero le pareció un delicioso néctar comparado con el amargo sabor de la carne del corazón de aquel monstruo. Durante siete días Burami permaneció a la orilla de aquel río, bebiendo lentamente el contenido de su bota y esperando el momento en el que habría de regresar a la caverna. Durante todo este tiempo no sintió hambre ni sed, y notó cómo poco a poco la desesperación que había sentido abandonaba su cuerpo. Sentía también que con aquel ritual último se adentraba en un camino del que ya no podía volver.

Siete días después, Burami regresó a la caverna de Nirig-Naa. Se había presentado ante su maestro tras bañarse en las aguas del río donde había estado. El dragón estaba allí observándole detenidamente, como si con apenas mirarle pudiese adivinar la experiencia que su discípulo había vivido. La caverna nuevamente estaba iluminada por la luz de una gran hoguera que Nirig-Naa había encendido en su centro. El joven guerrero no dijo una palabra mientras el dragón se acercaba a él y examinaba de cerca su rostro.

—Lo has hecho bien, Burami –dijo–. Ahora, si estás listo, tendrás el poder que tanto anhelas.

—Estoy listo –respondió.

Nirig-Naa extendió entonces una de sus garras, y con una uña negra trazó un círculo sobre el suelo, el cual luego llenó con extraños símbolos indescifrables en una escritura que Burami no reconoció. Al hacerlo, una segunda hoguera, mucho más pequeña, se alzó en aquel círculo de arena, sólo que estas llamas eran de color violeta y opacas, como si estuviesen a punto de desaparecer. Aquel fuego se concentró en un único punto y pareció elevarse por los aires como un hilo de luz, un hilo que poco a poco fue haciéndose cada vez más rígido y que luego voló por el aire hasta Burami, traspasando su cuerpo de lado a lado. El joven guerrero sintió que su corazón se detenía y que todo el aire escapaba de sus pulmones, y luego un velo de oscuridad cayó delante de sus ojos mientras perdía el conocimiento.

En aquel mundo de tinieblas en el que había caído, Burami tuvo una visión que más tarde habría de identificar con un sueño: en ella se veía a sí mismo desnudo en medio de una pradera desolada, mientras millones de guerreros armados con brillantes escudos marchaban en un río humano hasta el horizonte de aquella planicie estéril, con sus botas levantaban una nube de polvo sobre la tierra quemada. Al alzar la mirada a los cielos, Burami vio que todo el horizonte estaba completamente cubierto de nubes, entre las cuales vio cruzar las sombras de inmensas criaturas aladas. A pesar de no haberles visto nunca, el joven supo que aquellas criaturas eran los dragones de Xinji. Una inexplicable sensación de peligro se apoderó de su corazón en ese momento, como si la presencia de aquellos monstruos alados fuese una amenaza. Su voz intentó llamar a los guerreros, pero estos seguían su lenta marcha hacia el horizonte. Burami corrió entre ellos intentando quitarles las armas para defenderse del peligro que no terminaba de llegar, pero era imposible; aquellos hombres parecían hechos de piedra, y permanecían insensibles a todo lo que el joven les dijese.

De repente, uno de aquellos soldados se detuvo y miró directamente a Burami. El horror se apoderó en ese momento del alma del joven, ya que aquel guerrero no tenía rostro; su yelmo simplemente se abría en el frente para revelar un espacio vacío en el que sólo había oscuridad. Sin mediar una palabra, el guerrero arrojó algo a los pies de Burami y continuó su camino con el resto de los soldados. El joven se arrodilló y levantó el objeto que le había sido ofrecido. Era un cuchillo plateado con una empuñadura en forma de dragón.

Uno a uno los guerreros desaparecían en el horizonte. En la lejanía Burami pudo ver que el destino de aquellas tropas era un gran templo de piedra que no recordaba haber visto antes, y en los balcones de ese templo podía distinguir, a pesar de la distancia, enormes estandartes con el emblema de un pájaro de fuego. Algo en la visión de ese animal heló la sangre de Burami. Ver la cruda figura de aquel ave que parecía pintada con sangre fue como mirar su propia muerte.

En eso Burami bajó la vista y miró su propio cuerpo desnudo temblando de frío. Su piel comenzaba poco a poco a adquirir un color verde, se convertía en duras escamas que comenzaban en sus brazos y se extendían por todo el cuerpo. Una gran desesperación se apoderó del joven, y en un momento de terrible lucidez, recordó que tenía en sus manos el cuchillo de plata que el guerrero le había arrojado. Cuando las escamas verdes comenzaron a cubrir su pecho, Burami tomó el puñal con ambas manos y lo clavó con fuerza directamente en su corazón.

Justo en el momento que sintió la hoja de metal traspasar su carne, Burami despertó temblando de pies a cabeza.

—La visión que has tenido –dijo Nirig-Naa– es sólo para ti. Nunca has de revelarla a nadie, pero harías bien en no olvidarla, porque es un mensaje que has de descifrar algún día.

Tras decir esto el dragón mostró a Burami las armas que había forjado. Lo primero que vio Burami fue un gran escudo, no rectangular como los que tradicionalmente usaban los guerreros silamitas, sino perfectamente redondo y brillante como un espejo. A la luz de la hoguera Burami pudo distinguir la figura sinuosa de un dragón que adornaba el centro del escudo. Alrededor de este se apreciaban seis figuras que más tarde Burami reconoció como los seis dioses de los elementos; del lado izquierdo los tres dioses masculinos Trakan (fuego), Voosham (aire) y Sharnel (sombra), mientras que al lado derecho estaban las tres diosas femeninas Túlaga (agua), Butomba (tierra) y Níole (luz). Rodeando las seis figuras se veían dos serpientes entrelazadas en un círculo perfecto, una de ellas con alas de ave y la otra con alas de murciélago. Finalmente el círculo exterior mostraba varias palabras que Burami no pudo leer al estar escritas en aquellos extraños símbolos que Nirig-Naa había trazado en la tierra. Al levantar el escudo, Burami quedó sorprendido de lo ligero que era, algo imposible de asociar con lo sólido y resistente que se veía.

En cuanto a la lanza, esta tampoco era como las que normalmente llevaban los guerreros que había visto. Para empezar no era especialmente larga; puesta de pie junto a Burami apenas alcanzaba un palmo por encima de su cabeza. Sin embargo, al igual que el escudo, era increíblemente ligera, por lo que podía ser arrojada a grandes distancias. Aquella formidable arma terminaba en dos afiladas puntas serradas que, según Nirig-Naa, podían atravesar fácilmente una armadura hecha de metal ordinario.

La pieza más asombrosa de aquellas forjadas por el gigante rojo era la espada que ahora ponía a los pies de Burami. Como el escudo y la lanza, no sólo era muy ligera, sino también muy poco parecida a un arma convencional. Al verla, Burami ni siquiera estaba seguro de que fuese realmente una espada; para empezar no tenía una hoja, sino dos que salían en direcciones opuestas de una empuñadura central recubierta de cuero curtido. Las dos brillantes hojas de calantio eran largas y ligeramente curvas, y parecían dos enormes dientes que Burami hacía girar con gran destreza a pesar de nunca haber empuñado algo similar. Nirig-Naa le explicó que esa *sam* de doble hoja era en realidad el arma principal de un Dragún y que desde siempre estos guerreros estuvieron asociados a ella.

—Cuando tu gente te vea con esa espada –dijo–, quizás no recordarán aquellos tiempos en que los guerreros que portaban la sabiduría de Xinji andaban entre humanos y dragones, pero algo dentro de ellos les dirá que es parte de su legado. En sus corazones *reconocerán* aquello en lo que te has convertido y te seguirán, incluso a la guerra si es necesario.

Burami terminó de coger sus armas y se puso de rodillas frente a su maestro mientras se llevaba una mano al corazón.

—Ha llegado el momento de partir –dijo el joven–. Quizás no regrese con vida de esta batalla, pero quiero agradecerte lo que has hecho por mí. Intentaré no decepcionarte.

—En esta batalla no encontrarás la muerte –respondió Nirig-Naa–. Veo en tus ojos un poder que no se apagará con tanta facilidad. Recuerda todo lo que te he enseñado, pero sobre todo no olvides que tu triunfo lo deberás no a mí, sino al legado de Xinji que yo te he transmitido. Es a Xinji a quien has de entregar tu lealtad, y llegará el día en que esta será puesta a prueba.

Sin decir nada más, Burami abandonó la caverna y corrió hacia el camino que rodeaba los bosques negros y le llevaría de regreso a su aldea.

Las armas forjadas por Nirig-Naa se sentían ligeras sobre su espalda, tanto que a veces era como si no llevara ninguna carga en lo absoluto. Cuando llegó hasta el pueblo, la gente salió de inmediato a recibirlo. Ninguno de ellos reconoció las extrañas armas que llevaba encima, pero todos conocían a Burami, hijo de Sidero, y su reaparición después de siete días sin que se supiera nada de él era todo un acontecimiento. La madre de Burami corrió a abrazar a su hijo casi al borde de las lágrimas, mientras uno de los jóvenes allí reunidos le contaba lo que había ocurrido en su ausencia.

Aquel mismo día en el que el mensajero de Silam había llegado, los ancianos del pueblo se habían reunido y decidieron que todos se quedarían en la aldea a esperar la llegada de las hordas de Nastar.

Ninguno de ellos confiaba en poder derrotarlos, pero esperaban que una defensa organizada pudiera demorar la caída del pueblo lo bastante para dar tiempo a que Sidero y Aliru llegaran con sus tropas al rescate. Durante todos aquellos días los aldeanos habían reunido herrumbrosas herramientas de labriego que habían convertido en armas improvisadas, habían levantado toscas barricadas para impedir el paso de los caballos, y habían puesto vigías en todos los caminos. Así fue como vieron que Burami se acercaba, aunque nadie le había reconocido al principio. Pensaban que era algún otro mensajero venido de Silam a anunciar algún cambio importante en el devenir de aquella jornada. Incluso algunos soñaban con la inesperada derrota de Nastar. No fue sino hasta que entró en la plaza cuando finalmente reconocieron en él al autoproclamado defensor de la aldea.

Burami fue llevado ante el grupo de ancianos reunidos en el altar de Butomba, una vieja estructura de piedra que hacía las veces de templo, y allí uno de ellos reconoció el material que el joven ostentaba en su escudo, su lanza y su curiosa espada. Él, sin embargo, no reveló el origen de estas armas cuando se le preguntó. Pidió únicamente que se le dejara preparar la defensa del pueblo contra los invasores y juró dar su vida para proteger la aldea. Ante un ofrecimiento así, ninguno de los presentes se opuso. En el fondo sabían que lo que ellos habían preparado sólo retrasaría lo inevitable, y si el muchacho tenía alguna noción de las artes de un guerrero, depositar en él su confianza era la única alternativa posible. El único temor inconfesable de aquellos ancianos estaba en que los hombres de Nastar se apoderaran de aquellas portentosas armas de calantio y con ello aumentara su poder.

Pero Burami resultó ser mucho más hábil de lo que cualquiera podría haber esperado. Con la ayuda de las mujeres y los pocos jóvenes que habían quedado en el pueblo, logró mejorar las barricadas y cerrar todos los accesos de la aldea excepto uno, por el que habrían de pasar forzosamente las tropas de Nastar. También utilizó aquel día para enseñar a luchar a todo aquel físicamente capaz de hacerlo. Durante ese tiempo esperó ansioso las noticias de los vigías, no sólo en cuanto al movimiento de las tropas enemigas, sino también en cuanto a la posible llegada de su padre y de su hermano. Burami sabía muy bien que la posibilidad de la victoria se hallaba en que ellos consiguieran auxiliarle a tiempo.

Dos días después Burami tuvo la primera oportunidad de demostrar sus recién adquiridas habilidades. Contrariamente a lo que podría esperarse de aquellos bárbaros, la tribu de Nastar había enviado un emisario a la aldea. Al verle, Burami descubrió en él a alguien muy alejado de la imagen de sucios bárbaros que durante toda su vida había manejado; el mensajero iba vestido con pieles de animales y sujetaba sus armas con varias correas de cuero curtido, pero en su rostro había una mirada de inteligencia incompatible con la idea de una horda asesina dispuesta a arrasar todo a su paso.

Por supuesto, la llegada de aquel visitante trastocó gran parte del ánimo de la gente de la aldea. Incluso aquellos que se habían puesto del lado de Burami y se habían mostrado inicialmente dispuestos a pelear parecían ahora albergar dudas ante aquel hombre tosco que portaba orgulloso el estandarte rojo del Azote de la Pradera. Burami, en cambio, no dejaba de estudiarlo mientras aquel dirigía su tono altanero hacia los lugareños anunciando la inminente llegada de sus hombres y exigiendo la rendición inmediata e incondicional de los aldeanos. Burami fue el único que le plantó cara; tal y como había hecho con el enviado de la propia Silam, el joven guerrero se puso delante de su adversario y contestó que su pueblo jamás se rendiría y que sería mejor que emprendieran la retirada mientras todavía vivían para contarlo. El mensajero rio con ganas ante lo que consideraba las ocurrencias de un muchacho y espoleó su caballo de vuelta al camino que lo llevó lejos de la aldea.

El miedo de todos no hizo sino aumentar. Burami en cambio sólo esperaba que el enemigo le hubiese subestimado lo suficiente para poder contar con el factor sorpresa. Por supuesto, no dijo nada de los refuerzos que esperaba, quizás porque no quería confesarse a sí mismo la posibilidad de que su padre y su hermano no llegaran a tiempo para salvarles.

Casi sin darse cuenta, Burami evitó la mirada de los aldeanos que le observaban con insistencia pidiéndole sin hablar una salvación que no estaba seguro de poder dar. Aún así, trabajó sin descanso aquella noche para preparar la estrategia defensiva que había planeado junto con los voluntarios. Las armas de aquellos hombres eran rudimentarias y no hacían justicia a su valor. Burami permaneció en vela toda la noche y se dijo a sí mismo en varias ocasiones que si sólo perdía la mitad de sus guerreros antes de que llegasen los refuerzos, podría considerarse afortunado.

Por fortuna, todas las medidas preventivas que había tomado al reforzar las defensas de la aldea habían rendido su fruto. Al pueblo sólo se podía entrar usando el camino de tierra por el cual el mensajero había hecho acto de presencia, y a juzgar por las historias que se contaban de la tribu de Nastar y su arrojo en el campo de batalla, podía esperar de ellos un ataque frontal y ciego, como el de una estampida.

Allí estaría él esperando.

Los soldados de Nastar llegaron al amanecer del día siguiente. Los vigías, que Burami había colocado en las colinas que rodeaban aquel valle, cumplieron su cometido y anunciaron la llegada del enemigo al joven guerrero, que rápidamente ordenó que las mujeres, niños y ancianos fueran escondidos en los graneros y en los refugios diseñados para la época de inundaciones. Con Burami quedaron únicamente los veintitrés voluntarios que durante aquellos días habían aprendido lo básico del arte de la guerra. De todas formas, todos ellos sabían que la principal ventaja que podían tener yacía en su capacidad para repeler el primer ataque con contundencia; una tribu de Nastar simplemente herida sería un enemigo invencible.

Burami observó la nube de polvo que levantaban los cascos de los caballos enemigos y se preparó para el combate. Plantó los pies firmemente sobre la tierra mientras sostenía frente a él el escudo de calantio con los grabados de Xinji. En su mano derecha empuñaba la terrible y ligera lanza que Nirig-Naa había fabricado para él. Aquel guerrero, magníficamente ataviado en medio de la miseria de una aldea asolada por el aislamiento de la guerra, parecía una imagen extraída de un delirio. Sin embargo, todos los presentes tenían la mirada fija en el camino, en aquella nube de polvo que se acercaba mientras se oía con cada vez mayor claridad el retumbar de los cascos de los caballos.

Burami había advertido a sus hombres que el grupo de invasores estaba compuesto de ochenta hombres a caballo. En realidad, el vigía le había informado que había al menos ciento veinte jinetes, pero el joven sabía que no podía destruir los ánimos de su improvisado ejército antes de iniciar el combate. Aquel grupo que se acercaba era apenas una vanguardia compuesta de veinte soldados. Uno de ellos portaba el rojo estandarte del Azote de la Pradera. Cientos de años habían pasado desde que aquel famoso caudillo asolara naciones enteras a su paso, y no obstante aquella bandera escarlata todavía sembraba el terror en los corazones de aquellos desgraciados que la encontraran.

Detrás de la bandera, los guerreros de Nastar gritaban como espectros enloquecidos, hacían girar sus espadas sobre sus cabezas e invocaban los honores de Filgur, el terrible dios alado de las planicies a quienes aquellos salvajes adoraban.

Burami, sin embargo, no se dejó intimidar. Había imaginado en su cabeza aquel momento en miles de ocasiones y tenía todo perfectamente medido. Tranquilamente esperó que el primero de los integrantes de aquella horda pasara el límite ya establecido del pozo de agua de la entrada del pueblo. Una vez que este momento llegó, el joven Dragún echó su brazo derecho hacia atrás y con toda la fuerza que tenía arrojó la lanza contra aquellos hombres a caballo. El proyectil de calantio silbó por el aire y voló hacia sus víctimas, y allí frente a todos, ante la mirada atónita de unos invasores que efectivamente habían menospreciado a su contrincante, el arma forjada por el gran dragón rojo traspasó el pecho del soldado que portaba el estandarte de Nastar. La fuerza de aquel impacto fue tan grande que la punta de calantio salió por su espalda y el hombre cayó al suelo trayendo detrás de sí a su caballo. La bandera roja, que poco antes ondeaba en el viento presagiando una fácil victoria, rodó por tierra mientras tres de los caballos que venían atrás tropezaban con el cuerpo de su compañero y caían al suelo de forma estrepitosa.

El resto de los combatientes de Nastar había presenciado la muerte de su portador como si hubiese sido una alucinación, puesto que ni siquiera tuvieron tiempo de detenerse. Sus caballos continuaron la carga durante unos segundos, los suficientes para que Burami diera la señal a su primer grupo de hombres. Ocho de los jóvenes de la aldea saltaron de sus escondites con largas lanzas de madera afiladas, se abalazaron en medio de gritos de rabia sobre los tres miserables que habían caído al suelo y daban rápida cuenta de ellos antes de que pudieran levantarse.

Tras el éxito de este primer golpe, Burami encaró al resto de sus adversarios. Ahora el joven Dragún se alzaba entre ellos y la única salida de aquel pueblo. La táctica de dejarlos encerrados en aquel lugar había funcionado, y ahora sólo podrían salir con vida de allí a través de la victoria.

Pero la sorpresa de los invasores no duró demasiado; al ver que aquel misterioso guerrero que asistía a los aldeanos había acabado con uno de los suyos antes siquiera de que la batalla comenzara, todos ellos vieron redoblada su ira y se dispusieron a lanzarse sobre él. Burami dio entonces su segunda señal y en el acto los tejados de las casas vecinas se rodearon de otros diez de sus hombres, que arrojaron una lluvia de piedras sobre sus enemigos. Los proyectiles no iban dirigidos a los guerreros, sino a los caballos, que rompieron su rígida formación buscando huir de las rocas, y nada pudieron contra esto las riendas de sus amos. Ante el descontrol de sus monturas, la unidad de guerra que antes formó aquella horda se deshizo, tras lo cual Burami dio su tercera y última señal. Esta vez los cinco voluntarios restantes salieron de sus escondites y tras unirse a Burami y a los ocho lanceros se arrojaron sobre el enemigo mientras este se hallaba confundido y desorientado.

Puesto que no esperaban recibir piedad, los hombres de Burami no tuvieron ninguna. Las lanzas de madera no parecían en un principio rival para las espadas de los guerreros nastarianos, pero Burami les había enseñado cómo golpear a su enemigo en sitios estratégicos, por lo que aquella carga pronto se convirtió en una masacre. El propio Burami desenvainó su espada y se arrojó en medio del combate. Su arma de calantio cercenó el brazo del líder de aquel grupo, que cayó al suelo en medio de gritos mientras sus compañeros intentaban inútilmente imponerse sobre los aldeanos. A pesar de su inferioridad numérica y de lo primitivo de sus armas, la confusión desatada sobre sus caballos y la sorpresa de ver a su líder retorciéndose sobre un charco de su propia sangre fueron más que suficientes para sellar una derrota que parecía imposible, y ese fue el fin del primer ataque de Nastar sobre la aldea.

La gente del pueblo celebró la victoria con gran júbilo y un renovado optimismo. Burami, no obstante, les recordó que aquello sólo había comenzado. Habían sido muy afortunados en no perder a ninguno de sus propios combatientes, pero no podían contar con que la suerte estuviera siempre de su parte. Por el momento, habían conseguido veinte espadas que reforzarían el limitado armamento de sus tropas. Cuatro de los caballos habían muerto en la refriega –Burami les había indicado que no se detuvieran ante nada con tal de segar la vida de los jinetes–, pero el resto se había podido salvar, por lo que las bestias fueron llevadas a los graneros para comenzar los preparativos de la segunda parte del plan.

El segundo ataque de Nastar no se hizo esperar. La desaparición del primer grupo, sin duda, había disparado alarmas entre sus compañeros, por lo que esta vez al menos el triple de soldados se lanzó a galope hacia la aldea al romper el alba de la mañana siguiente. Los vigías de Burami una vez más los vieron llegar por el camino que serpenteaba entre las colinas, y dieron la voz de alarma a su líder, que daba el toque final a sus tropas.

Nuevamente los invasores se vieron forzados a usar la única entrada a la aldea, pero su superioridad numérica los llenó de la seguridad de tener éxito allí donde sus compañeros habían fallado. Algo, sin embargo, había cambiado; en la entrada de aquel pueblo alguien había extendido largas cuerdas que iban desde una casa hasta la otra a una altura de al menos dos veces la de un hombre. De las cuerdas colgaban grandes telas de todos los tamaños, como si todos los habitantes hubiesen puesto a secar sus sábanas y manteles en las puertas de la aldea, formando un laberinto de telas que obstaculizaba la vista a los guerreros.

El líder del grupo, presintiendo que aquello estaba destinado a cubrir una emboscada, ordenó a sus sesenta hombres lanzarse a la carga con espada en mano y pasar la muralla de tela a todo galope, dispuestos a aplastar al enemigo que los esperaba al otro lado. Una veintena de campesinos no podía poner en peligro a una horda que había hecho del pillaje y la guerra su modo de vida. Nadie, por lo tanto, dudó de sus palabras, y en esa confianza estuvo su perdición.

Lo cierto es que al otro lado de los improvisados telones que ocultaban el único camino posible no esperaban Burami ni sus guerreros, sino una gruesa empalizada de estacas afiladas que los aldeanos habían clavado en la tierra apuntando hacia los invasores. Esta vez caballos y jinetes eran los destinados a morir en la segunda fase del plan de Burami; la pared de guerreros se topó de frente con aquella fortaleza en forma de herradura que había permanecido oculta hasta el último terrible instante. La primera fila se vino abajo casi enseguida, empalada mortalmente sobre las estacas. La segunda y tercera fila cayeron encima de sus compañeros. Algunos de los jinetes rodaron por tierra, otros quedaron clavados en la barricada, retorciéndose brevemente antes de lanzar su último aliento. El resto quedó atrapado de repente, y de ese modo su formación. Entonces hizo aparición Burami con un grupo de hombres montados sobre los caballos que habían tomado del ataque anterior. En esta ocasión sólo contaba con diez guerreros, los únicos de su grupo que podían considerarse jinetes hábiles.

El grupo de Burami se abrió en perfecta formación sobre el apretado escuadrón de invasores, armados todos con lanzas de madera. Con la ayuda de estas largas armas masacraron rápidamente a un gran número de sus enemigos en la primera carrera antes de volverse a unir en grupo. Tras esto al menos la mitad de las fuerzas enemigas yacía muerta, y el resto de guerreros luchaba para poder abrirse paso entre los cadáveres que entorpecían su formación. Esto dio tiempo a Burami para una segunda carga, esta vez dirigida frontalmente a sus adversarios. El líder de los defensores abrió el camino portando en su puño la lanza de calantio y ensartando al primero de los nastarianos que consiguió salir de la trampa que formaban los cuerpos inertes de sus compañeros. Sin perder tiempo, el resto de los jinetes siguió su ejemplo y se lanzó sobre los invasores. En esa circunstancia, sus armas fueron una ventaja al estar a lomos de los caballos, pero los bárbaros no se dejaron intimidar tan fácilmente. La batalla en aquella plaza fue cruenta, y cuando finalmente terminó Burami, se encontró de pie en medio de una montaña de cadáveres, con su resplandeciente escudo cubierto casi por completo de sangre. Los invasores nuevamente habían sido derrotados, pero la refriega había acabado con la vida de cuatro de sus jóvenes voluntarios, a los que sus compañeros separaron del resto de los muertos. Los honores tendrían que ser dejados para después.

Entonces, Burami decidió enviar su propio mensaje a las tropas restantes de Nastar al otro lado del valle. Ese mediodía los ejércitos invasores vieron como llegaba de la aldea uno de los caballos, sin jinete, portando colgado de la silla un racimo hecho con las cabezas cercenadas de dieciséis de sus guerreros, cuatro por cada uno de los chicos de Burami que habían encontrado la muerte en aquella batalla. Con esto, el joven Dragún esperaba despertar la ira homicida de los nastarianos restantes, y eso fue exactamente lo que obtuvo.

Burami sabía que para la tercera y última refriega no habría estrategia posible. Los cuarenta guerreros restantes de aquella horda tomarían todas las precauciones que sus anteriores compañeros habían desdeñado, buscarían enfrentar a los aldeanos en un combate abierto y frontal. En aquella hipotética situación, Burami sabía que su improvisado ejército no tendría oportunidad. Aun cuando hubiese sido la mitad de hombres, cada uno de los guerreros de Nastar valía por tres de los suyos en cuanto a habilidad con las armas.

Sólo esperaba que Nirig-Naa tuviese razón, y un Dragún valiese al menos cien.

Los últimos atacantes llegaron como los otros, con su grito de guerra y blandiendo las espadas, pero esta vez atentos a cualquier posible trampa por parte de los campesinos y del misterioso guerrero que había venido a ayudarlos. Desde su escondite, Burami reconoció al mensajero que había traído las amenazas, y decidió que él mismo acabaría con la vida de ese salvaje con la sola intención de borrar esa sonrisa de su cara.

Para la defensa, Burami había armado a todos sus hombres con las espadas de los nastarianos caídos. Los invasores, por su parte, no cometieron esta vez el error de ir en apretada formación, sino que rápidamente se esparcieron por el pueblo, preparados a dar cuenta de sus enemigos uno a uno, ante lo cual no podían sino salir victoriosos.

Burami decidió no esperar más y les dio la lucha que buscaban al salir de su refugio y lanzar su propio grito de guerra dirigido a los valientes que habían decidido morir a su lado.

A pesar de contar con números bajos, los hombres de Burami habían conseguido un mejor posicionamiento al sembrar el sitio con los cadáveres de los hombres y caballos caídos en combate. Esto impidió que las monturas de los invasores cabalgaran a su antojo e incrementó la torpeza de las huestes de Nastar. Las tropas defensoras se habían dividido en dos grupos que cayeron sobre sus enemigos desde puntos opuestos. Aunque los nastarianos estaban preparados para casi cualquier cosa, varios de ellos cayeron en la primera carga de aquellos hombres a pie que luchaban para defender su pueblo y a los suyos.

Burami en persona se lanzó sobre un grupo de cinco bárbaros que corrieron hacia él con sus espadas alzadas. Impulsándose con los pies saltó sobre el primero de ellos sosteniendo la espada doble del Dragún forjada por su maestro. Las armas de acero de los nastarianos no eran rival para el portento de calantio, que de un sólo golpe cortó por la mitad tanto la espada como al guerrero que la portaba. El resto de sus hombres, alentados por el valor de su líder, se lanzaron sobre sus rivales como aves de rapiña. Burami asestaba golpes en todas direcciones, cegado por la ira. Quizás por eso no se dio cuenta del momento en que su espada acabó con la vida del mensajero nastariano que había menospreciado su valor.

Los voluntarios de Burami lucharon valientemente, pero la superioridad en combate de los nastarianos no tardó en hacerse notar. Ni siquiera el propio Burami podía luchar solo contra aquellas bestias, y una parte de él, aquella que había siempre temido lo peor, le susurró al oído que si quería dar la vida por su pueblo, ahora vería cumplido su deseo.

Fue entonces cuando retumbó el sonido de un cuerno en la lejanía, unido a los cascos de al menos doscientos hombres a caballo que se acercaban a todo galope a las puertas de la aldea. Burami no necesitó dirigir su vista hacia aquella polvareda para saber la verdad que hizo saltar de júbilo su corazón, y era que su padre y su hermano finalmente habían llegado, llamando a sus guerreros al combate.

La acometida de aquel batallón de la real Silam se estrelló contra los invasores como un puño que destrozaba lo que quedaba de la formación nastariana. Los bárbaros sucumbieron ante el metal de aquellos soldados que habían galopado día y noche, y que por fin habían llegado a su destino. Algunos de los nastarianos intentaron abandonar la lucha y huir fuera del pueblo, pero ninguno consiguió escapar a la ira de Sidero y su hijo. En muy poco tiempo la plaza quedó sembrada otra vez de cadáveres, y el grito de victoria de los aldeanos confirmó que el pueblo se había salvado.

Fue aquel un momento de inmensa alegría. Las mujeres, niños y ancianos que estaban en el granero salieron a acoger en sus brazos a los salvadores. Únicamente Burami permanecía inmóvil, de pie, cubierto de pies a cabeza en la sangre de los invasores, mientras su padre bajaba de su caballo y le miraba con una mezcla de asombro y admiración.

Al principio fue como si ninguno de los dos reconociera al otro. Los años de aquella guerra habían causado estragos en Sidero y habían vuelto blanca su cabellera y curtido su piel, aunque sus ojos seguían siendo tan fieros como siempre. Sus labios temblaron al ver a su hijo menor, con cuya muerte ya había contado. Ciertamente era una sorpresa verlo no sólo con vida, sino convertido en un gigante vestido de armadura y portando un gran escudo de calantio que colgaba de su fuerte brazo izquierdo. Burami dejó caer sus armas y corrió a abrazarlo. Las lágrimas de júbilo y los sollozos de su padre, cubiertos por los gritos de júbilo y los llantos rabiosos por aquellos que habían caído en la refriega, se sentían para él como el fin de la guerra.

En realidad era sólo el comienzo. Burami lo sabía, pero por un momento prefirió ignorarlo.

Sidero y Aliru se encargaron pronto de hacerle saber a Burami que, a pesar de aquella victoria, la situación era desesperada. El joven Dragún escuchó con asombro los relatos de su padre y su hermano en el frente, y de cómo los salvajes de Nastar parecían brotar como una plaga de sus inhóspitos dominios para lanzarse sobre Silam en la ofensiva. El hermano de Burami, quien había crecido en aquellos años como guerrero, hablaba de batallas con miles de soldados a pie y a caballo, de feroces guerreros de rostros pintados que destruían todo a su paso y que se acercaban cada vez más a la capital. Se temía que incluso el ejército del rey no bastara para hacerles frente.

—El rey de Silam –comentó Aliru– comanda a los guerreros sagrados de Butomba, cuyas armas están hechas de calantio, como las que tú llevas ahora. Pero las hordas de Nastar han crecido tanto en número que parece que ni siquiera el metal de la Diosa podrá salvarnos.

Burami no dejaba de asombrarse de lo mucho que había cambiado su hermano. Cuando se fue, lo recordaba como un tirano bruto que disfrutaba maltratándole y haciéndole ver su supuesta superioridad, pero ahora era como si el Aliru de antes no hubiese sido más que una piel que la guerra se hubiese encargado de arrancar. Su hermano había regresado convertido además en un joven apuesto en su brillante armadura, mas con la mirada lejana de alguien que ha visto demasiado.

Todos los relatos coincidían en que el nuevo líder de los nastarianos, apodado Galagar el Terrible, era un demente que afirmaba ser la reencarnación del Azote de la Pradera. Pero los años de guerra habían demostrado que aquel bárbaro era también un genio militar que no descansaría hasta ver a toda Silam a sus pies. Sidero y Aliru contaban que sus fuerzas ya se extendían hasta las provincias cercanas al Portos, y que las noticias de la devastación que dejaba a su paso hacían que la gente huyera hacia el corazón del reino buscando una protección que cada vez se sentía más incierta.

—Cuando supimos que los invasores se dirigían aquí –dijo Sidero–, pensábamos que tú y tu madre no teníais escapatoria. Creíamos que nuestra misión era llegar y vengar vuestras muertes. ¿Cómo iba a saber que mi hijo menor estaba efectivamente bendecido por los dioses, tal como dijo Falar aquel día en que me despedí de vosotros?

—Los dioses no tienen nada que ver en esto, padre.

Fue entonces cuando Burami contó a todos su historia. No solamente a su padre y a su hermano, sino a todos los ancianos del pueblo, el joven Dragún relató su encuentro con Nirig-Naa, el más sabio y poderoso de los sagrados dragones de Xinji, y de cómo su entrenamiento había sellado una alianza con aquellas criaturas. Era el poder de Xinji el que emanaba de las armas que el dragón rojo había forjado para él y que les llevarían a la victoria definitiva.

Al principio Sidero no daba crédito a las palabras de su hijo. Los dragones de Xinji habían sido una leyenda transmitida durante generaciones, y no había nadie allí que no conociera fantásticos relatos de estas bestias inteligentes y del poder de los fieros guerreros que les habían rendido pleitesía. Se decía que incluso el rey de Silam, Glonius Lanza de Luz, podía rastrear sus antepasados hasta los tiempos de Xinji, antes de que los hombres que en ella habitaban llegaran al continente y fundaran la semilla del imperio arkaniano. Pero aquello eran historias para críos, y su hijo estaba allí frente a él. Resultaba imposible de creer que unos monstruos que nadie había visto en miles de años hubiesen elegido a su hijo menor como pupilo. Y sin embargo, aquellas armas de calantio no se parecían a nada que Sidero hubiese visto nunca, y Burami realmente había salvado a su pueblo enfrentándose a los nastarianos. No hacía ni dos días de la batalla y ya circulaban historias de cómo el joven había demostrado habilidades sobrehumanas en su lucha contra los invasores.

—De dónde han salido tus habilidades no es lo importante –dijo, tomando a Burami de los hombros–. Sean los dragones o los mismos dioses, algo más allá de nosotros me ha devuelto a mi hijo que creía muerto. Ahora que nuestro pueblo está a salvo, te pido que vengas con nosotros a Silam. El reino entero necesita de tu valor para la batalla que se avecina.

Aquello era lo único que Burami deseaba escuchar.

Un grupo de soldados del pelotón de Sidero se quedó en el pueblo para cubrir la retaguardia, pero Burami viajó con su padre y su hermano a la capital de Silam. La visión de aquella enorme ciudad de altas murallas le reveló una vez más al joven todo lo que estaba en juego. Al parecer, las historias de cómo aquella pequeña aldea de provincias se había salvado gracias a la intervención de un joven valeroso habían viajado más rápido que sus caballos, ya que el hijo de Sidero fue recibido como un héroe. Sin embargo, pocos de los presentes reconocieron el estilo de las portentosas armas que Burami llevaba sobre su espalda como lo que eran, el armamento de un Dragún que finalmente pisaba el suelo de Silam después de miles de años.

Uno de los que reconoció dichas armas fue Glonius Lanza de Luz, el rey de Silam y uno de los hombres más poderosos del continente. Tal como lo describían las historias que protagonizaba, era un gigante vestido con el verde del atuendo real, su largo cabello negro surcado por canas enmarcando una cara llena de líneas y arrugas, pero majestuosa y radiante. Sobre su cabeza el rey llevaba la corona de la doble serpiente, símbolo de la diosa Butomba, y que había sido llevada por los monarcas de su familia durante al menos dieciséis generaciones. De su cuello colgaba una cadena de calantio con una única esmeralda como adorno.

El rey recibió a Sidero, Aliru y Burami en el gran salón del trono, y ante todos los nobles y grandes señores del reino alabó el valor del joven Dragún y la poderosa alianza que traía con sus conocimientos. Glonius afirmaba que Burami aplastaría a los enemigos de Silam y restauraría la paz definitiva, lograría la expulsión de los invasores a la planicie maldita de donde habían salido.

Acto seguido, el monarca hizo a los tres guerreros arrodillarse, y al tomar su sam de calantio en alto, recitó sus nombres ante la Diosa, presentando a aquellos héroes como sus nuevos paladines, defensores del reino y portadores del sagrado metal que les unía a Silam para siempre.

De esa forma Sidero Espada de Fuego, Aliru el Valiente y Burami el del Brillante Escudo dejaron de ser caudillos de provincias y se convirtieron en nobles caballeros del reino.

La guerra continuó su curso después de aquella ceremonia, pero Burami y su hermano se convirtieron en los nuevos símbolos de la noble resistencia de Silam; juntos iniciaron la más grande campaña ofensiva que aquel reino jamás había visto, y muy pronto los dos jóvenes se vieron al mando de poderosos ejércitos que les llevaron a los sitios más recónditos del reino. Burami nunca imaginó que la tribu de Nastar pudiera tener tantos hombres a su disposición, y nada abrió tanto sus ojos a la realidad como el día en que vio la gigantesca efigie de madera del dios Filgur, que los nastarianos llevaban consigo, alzándose en medio de un mar de miles de hombres a caballo.

Sin embargo, Burami no se detuvo ante la avanzada de sus enemigos. Tal como Nirig-Naa le había asegurado, su presencia exaltó los ánimos del resto de los silamitas y dio un giro inesperado a la guerra. Poco a poco las provincias de Silam salieron de su estupor inicial y dieron una batalla sin cuartel a las fuerzas invasoras, las expulsaban de sus territorios y reconquistaban las tierras arrasadas por aquellos salvajes.

Las tropas de Silam no tardaron en adoptar a Burami como su campeón, y su fama se extendió a todos los rincones del reino hasta el punto que su nombre era ya un grito de guerra. En apenas dos años después de la defensa de su aldea, el hijo de Sidero había hecho retroceder a los nastarianos, y de ese modo recuperaba casi todo el territorio perdido. Pero mientras Burami sólo parecía estar interesado en la lucha, su hermano Aliru pronto ascendía como uno de los más importantes generales de los ejércitos silamitas gracias a su condición de primogénito. Mientras su hermano menor continuaba ganando batallas, él permanecía en la retaguardia manteniendo vivas las alianzas entre todos los caudillos del reino. El mayor paso dado a favor de esas alianzas fue cuando uno de los principales nobles de Silam casó a su hija con Aliru, con lo que la familia de Burami pasó a formar parte de la familia real, si bien de forma distante.

Entre los dos hermanos estaba muy claro que habían logrado lo imposible, y ahora Silam veía en el horizonte la posibilidad de la victoria. Sin embargo, todavía quedaba un obstáculo.

El último escollo que se alzaba entre Silam y la victoria era la colina de Ictlión, donde se había congregado el grueso del ejército nastariano para lo que sería la ofensiva final. Se decía que más de cien mil guerreros se habían dado cita en aquel lugar para prender fuego al último reino del antiguo imperio de Arkania, y no faltaba quien afirmase que el propio Galagar, señor de las hordas de Nastar, comandaba personalmente las tropas de aquella última gran batalla.

Los ejércitos de Silam no habían quedado en una buena situación; sus fuerzas se hallaban divididas, con Aliru y los caudillos del este separados del resto de las fuerzas por cientos de kilómetros sin posibilidad de llegar a tiempo. Burami, no obstante, había reunido en torno a sí al ejército real y lo llevó a marcha forzada hasta la colina donde esperaban los ejércitos invasores. La visión de aquel mar de guerreros pintados habría helado el corazón incluso a los más valientes, pero los hombres de Burami habían aprendido a ver en él algo poco menor a un dios. Aún teniendo en cuenta la superioridad numérica de sus enemigos, las fuerzas de Silam se lanzaron al ataque dando inicio a una batalla que sería recordada por siglos.

El último pensamiento que pasó por la cabeza de Burami antes de dar la orden de carga fue si Nirig-Naa había previsto su muerte en aquella colina de la misma manera que había logrado entrever que no moriría en la defensa de su pueblo, que ahora le parecía tan lejana. Desde que había tomado posesión de sus armas de calantio, el joven no había vuelto a ver a su maestro, aunque no olvidaba la promesa que le había hecho de regresar con vida de aquella odisea. Pero esta idea fue pronto puesta a un lado una vez que la batalla empezó, y una nube de sangre cubrió la mente del joven Dragún e hizo salir al guerrero dentro de él.

Las tropas de Nastar, exaltadas por su máximo líder y por la impresionante figura de su dios alado, se batieron en una ofensiva desesperada contra las tropas silamitas. También ellos habían escuchado hablar de Burami, a quien describían como un demonio cubierto de metal que había salido de los infiernos para poner a prueba el temple de sus guerreros. Galagar, sin embargo, sostenía que se trataba simplemente de un hombre, y para demostrarlo estaba dispuesto a vencerle en combate, tras lo cual exhibiría su cabeza por todos los rincones del reino y ofrecería sus armas de calantio como tributo en el gran altar de Filgur, en su valle natal. Era la historia de Burami y su arrojo lo que consideraba una amenaza, mucho más que los ejércitos que Silam había congregado en la colina de Ictlión en aquel día decisivo.

Como un solo hombre, las tropas de Burami se lanzaron al ataque, con el joven Dragún tomando la vanguardia a todo galope, lanza en mano. Los guerreros nastarianos emplearon a sus arqueros y consiguieron derribar parte de la fuerza de sus contrincantes, pero estos en ningún momento aminoraron la carrera. Finalmente, el retumbar de los cascos de los caballos silamitas, unidos a sus gritos de guerra y la presencia de los guerreros de élite de Butomba, sembraron el terror en los corazones de aquellos bárbaros, muchos de los cuales intentaron huir cuando las tropas enemigas estuvieron casi encima de ellos. Burami y los suyos no tuvieron piedad; como una ola de fuego arrasaron con los arqueros dejando sólo muertos a su paso.

Embriagado por el furor de la batalla, Burami ordenó a sus hombres tomar la colina a cualquier precio. La estrategia defensiva de los salvajes de Nastar poco pudo hacer ante la fuerza de aquellos guerreros silamitas que por fin habían encontrado un héroe alrededor del cual reunir todo su valor y arrojo. Galagar observaba como sus líneas defensivas iban cayendo una a una, y a pesar de que los ejércitos de Silam se desangraban gracias al número de sus guerreros, Burami y el resto de los caballeros armados con el calantio de la diosa Butomba penetraban sus filas como una espada ardiente.

Burami y su grupo fueron los primeros en alcanzar la colina y conquistar la empalizada defensiva que Galagar y los suyos habían levantado. El jefe de los salvajes se mantenía a la retaguardia, observaba a los guerreros del calantio derribar sus defensas y masacrar a sus soldados. Aquel fue un día aciago para el hombre que llegó a verse a sí mismo como la reencarnación del Azote de la Pradera; el pueblo que había venido a conquistar y que durante años se había desangrado en una larga guerra parecía haber renacido gracias a aquel guerrero que más que un hombre parecía la Muerte personificada.

Los pormenores de la batalla han sido relatados en tantas canciones y epopeyas a lo largo de los siglos que no hace falta repetirlos. Todos sabemos ya que Burami venció aquel día, y que al caer el sol, la lanza del Dragún se alzó sobre la colina de Ictlión a la vez que una espada doble de calantio cercenó la cabeza del ídolo mayor de Filgur. Galagar el Terrible no llegó a ver ese momento, puesto que no tuvo más remedio que tomar los restos de sus tropas y huir hacia la frontera jurando regresar algún día. Ese día no llegó nunca; algunos dicen que el temible caudillo murió solo en su palacio de piedra, abandonado incluso por sus guerreros más fieles, mientras que otros afirman que fue asesinado por sus lugartenientes como castigo por su fracaso. Cualquiera haya sido su fin, lo cierto es que la tribu de Nastar nunca volvió a ser una amenaza para Silam.

Aquel día, Burami pareció despertar de un largo sueño. Después de una larga y cruenta guerra que había durado años, finalmente su reino estaba libre de los invasores. Gruesas lágrimas se asomaron a sus ojos al darse cuenta de que Nirig-Naa había cumplido su promesa, y que los suyos estaban a salvo de la muerte a manos de los bárbaros que habían amenazado con sumir a toda su nación en las tinieblas. Durante toda esa noche hubo una gran celebración; los guerreros de Burami cantaron en honor a su líder mientras bailaban alrededor de la hoguera que se había hecho con el dios alado de los nastarianos.

Mientras la siniestra figura de aquel pájaro de madera se consumía en las altas llamas, el corazón de Burami sintió la llamada de su maestro y del destino que ahora le esperaba, alejado de los suyos. A la mañana siguiente, sin decir nada a ninguno de sus hombres, partió solo al lugar donde había iniciado todo para dar fe de su promesa.

A diferencia de su salida triunfal, Burami emprendió el viaje de regreso a su provincia completamente solo, sin los grandes grupos de guerreros que le habían acompañado hasta Silam. El camino hasta lo que había sido su hogar le tomó varios días, durante los cuales el joven Dragún procuró evitar los caminos reales, así como los poblados que en su campaña le habían recibido con vítores durante la guerra que ahora tocaba su fin.

Con el ejército de Nastar en retirada, todo el reino de Silam comenzaba a reponerse de sus heridas, por lo que nadie se interpuso entre Burami y su peregrinación de vuelta al hogar. El motivo de esta soledad buscada era el ansia que el joven sentía dentro de su corazón ahora que su misión había sido cumplida y debía reunirse con su maestro para aprender de primera mano cuál habría de ser el precio por su entrenamiento. Burami recordaba haber dicho en su momento que daría su vida por proteger a los suyos, y algo dentro de sí le decía que aquello era precisamente lo que Nirig-Naa reclamaría.

Tras varios días de camino deteniéndose a descansar sólo lo indispensable, Burami llegó a la caverna donde había conocido a su mentor años atrás. Vestido con sus armas de guerrero se adentró en la cueva y bajó la pendiente de piedra que le llevó a la misma recámara donde el dragón rojo le esperaba rodeado de su habitual círculo de fuego. Nirig-Naa no parecía sorprendido de verle.

—He vuelto, tal como te prometí –dijo Burami, poniendo su lanza y su escudo en el suelo frente al dragón. Nirig-Naa lo observó largamente antes de responder.

—Ahora que Silam está libre de la amenaza de la tribu de Nastar, te enfrentarás a un desafío mucho mayor, uno que esta vez compartiré contigo. Tú y yo, Burami, iremos a Antok, la ciudadela de los dragones, donde jurarás lealtad a nuestro rey, Volren-Naa. Será difícil; el propio rey fue quien me exilió tiempo atrás cuando cuestioné las tradiciones de nuestra nación, y mi llegada no será recibida con agrado. Pero tengo la esperanza de que las noticias de tus victorias hayan llegado hasta sus oídos. El regreso de un Dragún es algo que debería inclinar la balanza hacia nuestro favor.

Burami y Nirig-Naa partieron enseguida. El dragón rojo guió a su discípulo a través de enormes túneles conectados con la caverna, los mismos donde él había entrado por primera vez al lugar donde se habían encontrado. Tras un largo viaje por aquel mundo subterráneo emergieron en una ladera cercana al río Portos. Nirig-Naa le aseguró que siguiendo el cauce del río conseguirían llegar hasta la ciudadela, y manteniéndose alejados de los caminos e internados en el bosque, sería posible evitar la mirada curiosa de cualquier otro viajero. Ante esta posibilidad el dragón no estaba preocupado; tanto él como sus hermanos habían aprendido mucho tiempo atrás a evitar la presencia de los humanos de forma eficaz, a veces con la ayuda de poderes a los que los dragones tenían acceso y en los que su maestro destacaba como pocos.

Tras varios días de camino en los que Nirig-Naa ilustró a Burami sobre las costumbres de sus hermanos, maestro y discípulo llegaron a la montaña donde se encontraba la ciudadela de Antok. El lugar era muy diferente a lo que Burami se había imaginado; se trataba de una gran formación rocosa a orillas del río Portos, en cuyas paredes se abrían enormes y oscuras cavernas. No parecía tan grande como para albergar una nación entera de aquellas criaturas, hasta que Nirig-Naa le explicó que dentro de aquella montaña los dragones habían cavado largos túneles que se adentraban en la tierra a gran profundidad.

Burami subió a lomos de Nirig-Naa y se aferró a su cuello mientras el dragón rojo escalaba la montaña hasta la entrada. Una vez allí, el joven Dragún puso pie en tierra y sin soltar sus armas acompañó a su maestro mientras se adentraba en la cueva. Para su sorpresa, Burami observó que no resultaba tan oscura como inicialmente había pensado; grandes cristales emitían un resplandor púrpura que daba a aquel recinto una atmósfera irreal, como si estuviesen entrando en otra dimensión.

En eso Nirig-Naa se detuvo en seco.

—Están aquí –dijo.

Burami se mantuvo alerta en todo momento, aunque siguiendo las indicaciones que había recibido de su maestro, mantuvo enfundadas sus armas. Con la vista fija al frente, percibía cómo el aire a su alrededor temblaba como un espejismo y una sombra se hacía de repente visible frente a él, y mostraba ante sus ojos un fenómeno mágico que nunca antes había visto.

Junto a Burami y Nirig-Naa se alzaban tres enormes criaturas de escamas negras y ojos amarillos, con bocas llenas de grandes dientes y con la mirada fija en lo que a todas luces consideraban un par de intrusos. En el centro de la frente de cada uno de estos seres brillaba un único cuerno rojo que parecía hecho de cristal, y cuyo fulgor iluminaba la cara de Burami hasta dejarlo casi ciego.

En ese momento una de las criaturas habló, y el eco de su voz retumbó en las paredes de la caverna.

—Nirig-Naa –dijo–, no debiste haber venido. Nuestro señor te advirtió que si volvía a verte, morirías. ¿Es esto un nuevo desafío a su autoridad?

—No es mi intención desafiar a nadie –dijo el dragón rojo–. He vuelto para implorar el perdón del rey y traerle al futuro de nuestra raza, a la liberación de nuestra tierra natal.

Otro de los dragones negros caminó alrededor de Burami, observándolo fijamente.

—¿Cómo te has atrevido a traer a un humano a Antok, Nirig-Naa? Si piensas que es así como obtendrás el perdón de nuestro señor, estás muy equivocado.

—Este es Burami –dijo el dragón rojo–. Y no es un humano cualquiera. Burami, muéstrales tu escudo.

Sin apartar la vista de los centinelas, Burami sostuvo en alto su redondo escudo de calantio. En la proximidad de los cristales, el metal del que estaba forjado aquel escudo brilló como si estuviese hecho de luz.

Ante aquel portento los ojos de los dragones parecieron hacerse de repente más grandes. Sin mediar una palabra entre ellos indicaron a Nirig-Naa y a Burami que los siguieran y se adentraron aún más en la caverna. Burami volvió a subir a lomos de su maestro para poder sortear un inmenso y profundo abismo que les cortó el paso. Una vez superado, ambos llegaron a una pendiente que les condujo a las profundidades de la tierra.

A medida que se iban alejando de la entrada de la caverna, la presencia de aquellos misteriosos cristales y su luz púrpura se hizo cada vez más común. Gracias a ellos, los ojos de Burami pudieron recrearse en aquella asombrosa galería de roca que empequeñecía cualquier obra de ingeniería incluso la más avanzada de los reinos humanos. La ciudadela de Antok estaba formada por un gigantesco túnel descendiente que bajaba en forma de espiral hasta una profundidad que Burami no se atrevía siquiera a sospechar. Luego de un estrecho inicio el túnel se hacía tan ancho que podía albergar cómodamente una multitud de dragones, por lo que Burami se sentía insignificante en medio de aquella aparentemente infinita bóveda. A lo largo de todo el túnel se abrían numerosas galerías y pasadizos secundarios, más estrechos que el principal, pero lo suficientemente amplios para formar una compleja y extensa red de cavernas que, todas juntas, formaban un mundo en el subsuelo bajo la montaña. Estas galerías no eran oscuras, sino que estaban iluminadas por el fulgor de aquellos cristales, la mayoría de ellos púrpura y en ocasiones de miles de distintos colores, que dotaban a algunos de aquellos túneles de una belleza indescriptible.

Burami nunca había estado en las minas sagradas de calantio, cuya ubicación era secreta, no obstante, era imposible pensar que el reino de

Silam pudiese construir unos túneles como aquellos, incluso aunque contaran con un millón de años.

Nirig-Naa parecía haber detectado el asombro de su pupilo, puesto que a medida que descendían por los túneles le habló acerca de la época en que su pueblo había cruzado el mar desde Xinji para encontrar refugio en aquella montaña de Antok.

—Cuando los hijos de Xinji llegaron a esta montaña –dijo el dragón–, los reinos humanos ya estaban establecidos desde mucho tiempo atrás. Para mantenerse alejados de ellos, los dragones cavaron estos túneles que ves aquí. El trabajo fue largo y difícil, y las profundidades de la tierra revelaron terribles e inesperados peligros, pero al final hemos conseguido hacer de este nuestro hogar.

Burami miró a su alrededor. Aunque no podía verlos, sentía los ojos de los dragones que le observaban desde los túneles adyacentes. Ninguno de ellos se acercó, pero el joven pudo escuchar sus voces susurrantes ante la llegada de Nirig-Naa y observó sus siluetas moviéndose entre las sombras causadas por el fulgor de los cristales. Una sensación de latente peligro se apoderó de él, pero la presencia de su maestro hizo mucho por calmarle.

Finalmente, cuando le parecía que iban a alcanzar el centro de la tierra, Burami y Nirig-Naa fueron conducidos hacia un túnel que llevaba a una recámara circular ocupada por un inmenso lago, tan profundo que el fondo se veía completamente negro. El agua reflejaba las luces de los cristales a su alrededor, que daban a aquella cueva una mayor cantidad de luz de la que disponía el resto de las galerías. Como el resto de aquella construcción, la bóveda era más grande que cualquier estructura humana que Burami hubiese conocido, pero además no tenía techo; la cueva se extendía hacia arriba formando un gigantesco túnel vertical que parecía terminar en un minúsculo punto de luz ubicado al parecer a kilómetros de distancia. Burami no necesitó que Nirig-Naa le explicara que aquella era una salida al exterior, ubicada en algún punto de la montaña donde habían hecho su entrada.

Al mirar hacia arriba, Burami observó que el túnel estaba poblado de galerías por las que se asomaba la curiosa mirada de cientos de dragones, que se habían reunido allí para ver el regreso del hijo que habían creído perdido para siempre, además del humano que este había traído consigo. Nirig-Naa le había advertido de la posibilidad de que la presencia de ambos atrajera esa multitud, pero nada en el mundo habría podido preparar al joven hijo de Sidero para lo que en aquel momento se desplegaba ante sus ojos. Burami podía sentir en su piel la atención indivisible de cientos de ojos enormes que estudiaban cada uno de sus movimientos, así como el susurro de todas aquellas voces incrédulas ante lo que sin duda consideraban una de las más curiosas e inesperadas invasiones a su mundo que cualquiera de ellos hubiera visto.

Y entonces, justo cuando los escoltas que les habían traído hasta allí desaparecieron dentro de los túneles, Burami sintió una presencia acercarse al otro lado de la laguna. Su mirada se fijó en un punto en tinieblas en el lado opuesto de aquella bóveda, mientras las vibraciones en la superficie de espejo del lago le anunciaban que se acercaba una criatura de gran tamaño. Nirig-Naa pareció concentrar toda su atención en aquella misma presencia, y antes de que el joven Dragún pudiera preguntar a su maestro qué estaba ocurriendo, la caverna se vio tomada por la imponente figura de Volren-Naa, el rey de los dragones de Antok.

Al verle, Burami tuvo un fuerte recuerdo de la vez que siendo un niño tuvo por primera vez a Nirig-Naa ante sus ojos, sólo que ahora dicha experiencia había sido ampliamente superada; ante él se hallaba el dragón más grande de todos, una bestia con forma de reptil que se alzaba varios metros por encima de su cabeza, tan alto como diez hombres. Su cuerpo, que parecía brotar directamente de la tierra, era blanco y brillante como la luna llena, cubierto completamente de escamas a excepción de una línea de plumas que iban desde su gran cabeza hasta la punta de su larga cola. Dos enormes cuernos negros salían de su cabeza y se proyectaban hacia atrás, y eran la única parte de su cuerpo que no era blanca aparte de sus ojos, una mirada de color verde que se clavaba en Nirig-Naa desde las alturas. La espalda de aquel terrible monstruo estaba cubierta por un par de gigantescas alas membranosas en las que las plumas no habían desaparecido por completo, y daban a la bestia una apariencia a medio camino entre el ave y el reptil. Su rostro sereno parecía sonreír al mirar a Nirig-Naa, aunque Burami sabía que aquello no era más que su imaginación, ya que la voz de aquel señor de los dragones no pareció mostrar ningún dejo de alegría al ver a su antiguo discípulo.

—Tenía que verlo por mí mismo –dijo el dragón blanco. Su voz retumbó en el vacío de aquella caverna, y por un momento Burami creyó ver a los cientos de dragones que presenciaban aquella reunión recogerse dentro de los túneles, temerosos de la ira de su señor–. No podía creerlo cuando me lo dijeron, así que tenía que comprobar yo mismo que en verdad habías regresado, Nirig-Naa, aún después de que te dijera que la próxima vez que nos viéramos, no vivirías para contarlo.

Nirig-Naa bajó la cabeza ante su líder, gesto que no pasó desapercibido ante Burami, quien puso una rodilla en tierra en presencia del señor de los dragones. Cuando su maestro habló, pareció que en su voz se ocultaba el dolor del tiempo que había durado su exilio.

—Mi señor... –dijo Nirig-Naa–, debes creerme cuando te digo que mi presencia aquí no es ninguna afrenta a tu autoridad. El tiempo que he estado separado de Antok ha sido sin duda el más terrible de mi vida.

—Entonces –respondió el rey–, ¿debo creer que has finalmente abandonado tus teorías?

Esto último lo dijo dedicando una breve mirada a Burami. Estaba claro que él sabía perfectamente la respuesta a su pregunta, pero por lo visto quería que fuera el propio Nirig-Naa quien le respondiera.

—Mis teorías, como las llamas –dijo–, no tuvieron nunca la intención de un desafío. Creo firmemente que en los reinos humanos se está gestando la semilla de nuestro regreso a Xinji. Por eso me he atrevido a desafiar tus órdenes y he vuelto a la ciudadela, para mostrarte, después de todo este tiempo, la prueba irrefutable de lo que tantas veces defendí. Ante ti tienes a Burami, mi discípulo, uno que ha abrazado los secretos de Xinji y ha superado todas las pruebas que el destino le ha impuesto. Te he traído finalmente a un Dragún.

El silencio de Volren-Naa marcó para Burami el momento en que pensó que no saldría con vida de aquella caverna. Sin embargo, el líder de Antok parecía prestar más atención a su maestro que a él.

—Entonces es cierto –dijo el dragón blanco–. La tribu de Nastar ha sido derrotada y abandona Silam después de una guerra que ha durado años y ha costado incontables vidas humanas. Pensé que precisamente tú, Nirig-Naa, mi alumno más aventajado, conocerías los peligros que conlleva inmiscuirnos en los asuntos de la raza de los hombres.

—No he olvidado tus enseñanzas, mi señor. No he intervenido en ningún momento en la guerra. Burami luchó valientemente contra los enemigos de su nación sin que yo llegase a inmiscuirme en ningún momento. Ahora que su gente se ha salvado, está aquí para rendir tributo a tu poder y poner su espada al servicio de Xinji, tal como las profecías anuncian. Seguramente en tu infinita sabiduría sabes que esto es así y no nos darás la espalda en este momento en el que todo aquello que hemos deseado durante miles de años está finalmente a nuestro alcance.

La mirada de Volren-Naa se clavó en Burami, al tiempo que su cabeza descendía de las alturas para examinar de cerca al humano que se había adentrado en sus dominios. El dragón blanco prestó gran atención a las armas de calantio que acompañaban al joven guerrero y a la brillante mirada de sus ojos que le reveló, tal como Burami sabría después, que aquel muchacho que estaba ante él había superado el trance que ponía punto final a su entrenamiento. Cuando habló, su voz pareció hablar únicamente a él, a pesar de que su eco continuaba reverberando en la caverna.

—Burami –dijo–, ¿es cierto lo que dice mi discípulo? ¿Es cierto que has aceptado entregar tu vida a nuestra causa y asistirnos en la lucha por recuperar nuestro hogar?

Burami había creído que se sentía preparado para dar su respuesta, pero la visión de aquella gigantesca criatura de ojos verdes sobrecargaba sus sentidos y por un momento impidió que su garganta emitiera sonido alguno. Al fin, logró componerse y dijo:

—Mi maestro Nirig-Naa ha dicho la verdad. Hace años, cuando nos encontramos por primera vez, le ofrecí mi vida si hacía de mí un guerrero capaz de proteger a los míos. Ahora que la guerra ha terminado, ratifico mi lealtad a Xinji, hasta el último día de mi existencia.

Volren-Naa miró al dragón rojo una vez más, sin pronunciar palabra. Levantando la cabeza, retrocedió hasta adentrarse de nuevo en el túnel que estaba a sus espaldas. Antes de desaparecer por completo, sin embargo, le dijo a Burami:

—Si realmente eres fiel a tu juramento, sígueme. Es hora de que sepas a qué vas a enfrentarte. Sólo así sabremos si el entrenamiento que has recibido de tu maestro ha valido la pena.

Apenas Volren-Naa desapareció por el túnel, Burami miró a su maestro. El dragón rojo no parecía tener respuesta para las dudas que en aquel momento asaltaban a su discípulo; si alguna cosa transmitía su mirada, era precisamente la certeza de que a partir de aquí no tenía nada qué enseñarle que fuera de utilidad. Burami supo entonces que el resto del camino debería emprenderlo solo.

Sin detenerse a pensarlo dos veces, Burami se lanzó a la laguna que le separaba del túnel por el que había desaparecido el rey de los dragones. El agua estaba helada, tanto que por un momento el joven sintió que el aire escapaba de sus pulmones y su pecho se cerraba al tensarse todos los músculos de su cuerpo, pero aquel fue sólo un efecto pasajero. Dando grandes brazadas, nadó sin pausa hasta la otra orilla, tratando de apartar de su mente los pensamientos acerca de las terribles y desconocidas criaturas que podían hallarse en el fondo de aquel lago y que podrían haber detectado su presencia. Esos mismos pensamientos fueron los que imprimieron celeridad a su nado y le hicieron salir del agua a toda velocidad una vez ganado el otro extremo.

Respirando profundamente, Burami se dio la vuelta y miró por última vez a su maestro Nirig-Naa, que le observaba en silencio desde el otro lado de la laguna. Sobre su cabeza, la gran multitud de dragones de Antok continuaba observándole desde las cientos de galerías del túnel vertical que horadaban la montaña. Había cruzado la laguna dejando sus armas al otro lado, por lo que ahora se enfrentaba a lo desconocido completamente solo y sin medios para defenderse.

El túnel por el que se adentró le llevó a una recámara cuyas paredes estaban plagadas de los cristales rojizos que formaban la iluminación de la caverna. Sin embargo, había una diferencia entre aquella habitación y el resto de los túneles; gruesas venas de un metal brillante surcaban las paredes, el techo y el suelo, un metal que parecía lanzar destellos de luz en presencia de los cristales y cuyo resplandor se deshacía en una multitud de colores que obligaban a Burami a apartar la mirada. No necesitó preguntar para saber que aquel metal era el calantio, tan sagrado para los dragones como para la raza de los humanos.

—Si vienes de Silam —dijo Volren-Naa—, entonces la fuerza del calantio corre por tus venas, al igual que en nosotros. Nirig-Naa seguramente ha tenido esto en cuenta a la hora de entrenarte.

—El calantio de Silam es custodiado por el culto de Butomba —respondió Burami—. Nunca lo había visto hasta que mi maestro forjó mis armas.

—Eso no tiene importancia. Forma parte de tu legado y ahora de tu vida. Es algo que debes saber.

El dragón blanco se colocó en el centro de la habitación. Una de sus garras barrió el suelo frente a él y acumuló una gran cantidad de tierra en la cual brillaban pequeños puntos de luz rojiza, fragmentos minúsculos de los cristales que poblaban las paredes.

—Sin duda alguna, Burami, sabes que el reino de Silam no habría podido derrotar a sus enemigos sin tu ayuda. Aunque probablemente ignoras hasta qué punto tu entrenamiento representa un desafío a la nación de los dragones de Xinji.

Burami no contestó. Volren-Naa continuaba acumulando la montaña de tierra sin mirarle fijamente. Su voz retumbaba dentro de aquella bóveda y hacía temblar los cristales, que sobrecargaban los sentidos de Burami como si aquella luz fuese un narcótico.

—Nirig-Naa no es simplemente otro más de mis discípulos –continuó el dragón blanco–. Si así fuese, su negativa a aceptar nuestro recelo ante los humanos no habría sido tan deshonrosa. Tu maestro fue en una ocasión el más grande de mis pupilos, aquel destinado a algún día ocupar mi lugar cuando el Shilaa-Marag-Nuk me llame a ocupar mi lugar en las estrellas. He caminado sobre la tierra durante mucho tiempo, joven humano, y no he conocido un dragón tan poderoso ni con tanto potencial como él. Pero, por desgracia, tu maestro sabe perfectamente esto, y por eso ha creído que puede desafiar mi autoridad y cuestionar la cautela que ha mantenido viva a nuestra raza durante miles de años.

»Esa misma soberbia es la que ha dado lugar a tu presencia aquí. Verás, Burami, si bien es cierto que Nirig-Naa puede darte el entrenamiento que requieres, sólo el rey de los dragones puede nombrarte Dragún. El que él lo haya hecho por mí es no sólo un acto más de rebeldía; es un desafío abierto a mi autoridad y una muestra ante todos de que él considera que debe ocupar un día mi lugar, a pesar del conflicto que le expulsó de estas paredes.

»Sólo por eso debería en este momento matarte y expulsar nuevamente a Nirig-Naa de nuestro hogar. Es lo que normalmente haría y ninguno de mis dragones pondría objeción a ello. Sin embargo, he decidido dejarte vivir.

Burami sintió de repente como si hubiese sido liberado de un enorme peso. Sabía desde el principio que aquel gigante blanco tenía su vida en sus manos, y una parte de él se había preguntado en varias ocasiones si el viaje a aquella caverna no conseguiría lo que todas las tropas de Nastar juntas no habían logrado.

—Seguramente te preguntarás cuál es el motivo de esto. Es algo que me sorprende incluso a mí. La verdad es que yo también albergué en algún momento la secreta esperanza de que la profecía que habla del regreso de nuestra raza a la isla de Xinji se hiciese realidad. No obstante, nunca me he atrevido a dar el paso que Nirig-Naa ha tomado. Él es demasiado joven para recordar los tiempos en que habitábamos nuestra tierra natal, y no vivió los terribles primeros tiempos en los que tuvimos que aprender a sobrevivir en medio de la hostilidad de los humanos del continente. Con el pasar de los siglos había perdido la fe en que este día pudiera llegar. Y sin embargo, aquí estás, frente a nosotros, después de haber triunfado contra un enemigo imposible, dispuesto al igual que tu mentor a mostrarme lo equivocado que estoy. Te pregunto ahora, Burami: ¿estás dispuesto a llevar a cabo tu nueva, tu auténtica misión?

—Estoy dispuesto –contestó Burami.

De repente, Volren-Naa pareció soplar sobre el montón de arena que había acumulado frente a él. El cálido aliento del dragón convirtió la montaña en una nube de polvo que voló hacia Burami a toda velocidad, pero justo cuando estaba a punto de envolverlo, un portento mágico pareció apoderarse de aquellos trozos de tierra, piedra y cristales, que se dividieron en el aire creando extrañas formas y reagrupándose frente a sus ojos en una figura de líneas rectas que ocupó todo el espacio entre él y el rey de los dragones. Frente a Burami, como salida de la nada, se alzaba el modelo de una ciudad de altos edificios piramidales, obeliscos y grandes murallas organizadas en torno a seis grandes círculos concéntricos. La magia que había creado aquel modelo a escala mantenía la silueta de los edificios hecha con la tierra de aquella caverna, la sostenía en el aire de una forma que mezclaba la firmeza de unas líneas claras y perfectamente visibles con la fragilidad de la arena, que dejaban a Burami boquiabierto.

Volren-Naa, sin embargo, no parecía conceder demasiada importancia a este fenómeno.

—Esta es Xinji –dijo–, la ciudad de donde procede la raza de los dragones, el suelo sagrado donde una vez vivimos. Hace miles de años, esta ciudad fue atacada por un demonio llamado Yoshamaat, que estuvo a punto de destruirnos. Al precio de las vidas de gran parte de nuestros hermanos, conseguimos derrotarlo, pero el daño que dejó en nuestra tierra fue tan grande que dio vida a un nuevo monstruo, una criatura a la que llamamos el Vlaken, que todavía hoy habita la isla y nos impide regresar a nuestra tierra.

»El Vlaken no puede ser derrotado por ningún dragón. Muchos lo han intentado y ninguno ha conseguido siquiera acercarse a él. Pero un Dragún, poseedor de la fuerza y el poder de los dragones, puede acabar con esta amenaza. Así lo dice una profecía que ha pasado de generación en generación desde los tiempos de nuestra huida. Tu maestro Nirig-Naa cree que tú eres el que está llamado a cumplir esta hazaña. Por eso te lo pregunto una vez más: ¿estás dispuesto a ir a Xinji y arriesgar tu vida para que la nación de los dragones vuelva a su hogar?

—Así lo he prometido –contestó Burami–. Si es eso lo que me pedís, viajaré hasta Xinji y destruiré al Vlaken.

—En realidad es más que eso, Burami. Como Dragún, tu lealtad debe estar dirigida a nuestra nación. Xinji será tu hogar, tal como lo fue el de tus predecesores antes incluso que se formara el imperio arkaniano. Si aceptas esta misión, si decides unir tus fuerzas a nosotros, el vínculo que todavía te une con la raza humana se romperá para siempre, deberás renunciar al mundo de los hombres y abandonar aquello por lo que has luchado. Xinji te ha dado tu poder, ahora tú deberás entregarle tu vida. Una vez que comiences, no puede haber vuelta atrás.

Burami pensó en ese momento en su hermano Aliru, en su padre, en su madre y en el resto de seres queridos que había dejado atrás. Ahora que finalmente el reino estaba a salvo de la amenaza de los nastarianos, había llegado el momento de dejar que continuaran su camino ellos solos. Estaba seguro de que lo entenderían.

—Mi pueblo está a salvo gracias a los dragones de Xinji –dijo Burami–. Es justo ahora que yo os ayude a salvar al vuestro. Renuevo ante ti mi lealtad, mi señor, y espero tus órdenes para dirigirme a Xinji y destruir al monstruo que la habita.

Los ojos de Volren-Naa parecieron agrandarse ante las palabras de Burami, sin duda ante la expectativa generada por la presencia de un Dragún en Antok, a pesar de que este se hubiera formado como un desafío a sus órdenes.

—Lo harás –dijo–, pero no aún. Esta es una encomienda que requerirá una gran preparación, mayor de la que tu maestro puede darte. El resto de los dragones de Antok, y yo mismo, continuaremos tu entrenamiento hasta darte la habilidad necesaria para cumplir con tu destino. Al entrar a esta caverna, Burami, has renunciado al mundo que conocías y has dejado atrás tu humanidad. Pero sólo ahora descubrirás lo que significa luchar por los tuyos. Como te he dicho antes, Xinji es ahora tu hogar, y tú nos ayudarás a recuperarlo.

Pasaron así varios meses, y Burami descubrió que Volren-Naa no mentía cuando dijo que su vida humana había quedado atrás. A partir del día en que se encontró con el rey de los dragones, el joven supo que los túneles de Antok se convertirían en el sitio de su renacimiento. Si bien Nirig-Naa continuaba siendo su maestro y aquel de quien recibía la mayor parte de su entrenamiento, ahora por primera vez se veía conviviendo con otros dragones que en poco tiempo le enseñaron más acerca de la nación de Xinji de lo que había podido aprender en los años que había durado su formación como Dragún. Fue de esa forma que el hijo de Sidero tuvo conocimiento de las cinco grandes casas que formaban la nación de Xinji, y vio de primera mano las diferencias que había entre todos los dragones que la componían.

Por primera vez Burami pudo subir a lomos de una de las grandes bestias aladas de la casa de Razgal, que le llevó por encima de las nubes.

Pero el momento decisivo para Burami vino cuando sus maestros de Antok le hicieron enfrentarse a los Gógron, una raza de monstruos que desde siglos atrás cazaban dragones y que representaban uno de los mayores peligros para la supervivencia de la ciudadela. Grandes criaturas con aspecto de insecto, aquellas bestias habían salido de la tierra cuando los dragones excavaron la montaña para construir su nuevo hogar, y desde entonces no habían cesado en su empeño de destruirles. Su sangre era un líquido corrosivo que derretía hasta el acero más resistente, pero ni siquiera esta sustancia era rival para el calantio que Burami llevaba consigo. Enfrentarse a una de aquellas criaturas fue un gran desafío para el joven guerrero, pero había sido necesario para poner realmente a prueba sus habilidades. Sólo por eso había valido la pena para Nirig-Naa y el resto de los dragones arriesgar la vida del único Dragún que había pisado la ciudadela en sus miles de años de existencia.

El triunfo de Burami sobre el Gógron fue otro motivo de orgullo para Nirig-Naa. Su regreso había marcado no sólo la esperanza de los dragones de algún día volver a su tierra natal, sino también su restablecimiento como el más respetado de los habitantes de la ciudadela y heredero de Volren-Naa.

Sin embargo, el regreso del dragón rojo a su hogar y el contacto con sus semejantes habían causado en él un cambio que Burami no había podido prever. Readmitido en el círculo de sus hermanos, el poder que había visto en su maestro creció a la par de sus propias habilidades; Burami siempre se había preguntado de dónde provenía esa extraña conexión con la magia que Nirig-Naa parecía poseer, esa misma que le había llevado —según él— a encontrarse con su joven discípulo y que le permitía a veces observar eventos y situaciones que tenían lugar en parajes muy lejanos.

Fue precisamente esa habilidad lo que un día le dio a Nirig-Naa la visión que habría de cambiar su futuro y el de su discípulo para siempre; solo en medio de una de las más profundas cavernas de la ciudadela, el dragón trazó a su alrededor el círculo de fuego en el que solía encerrarse a meditar, y tras cerrar los ojos y pronunciar las palabras de un encantamiento que databa de los lejanos tiempos de Xinji, sintió cómo su espíritu abandonaba su cuerpo y volaba por los oscuros túneles de Antok hasta salir a la libertad del exterior, donde se elevó por encima de aquel valle y de las nubes. El dragón rojo nunca podría volar en su forma física, pero en medio del trance de la proyección podía dejar que su consciencia viajara a velocidades que ni siquiera sus hermanos de Razgal podían igualar. Además, desde que había regresado con los suyos, Nirig-Naa sentía que aquel ritual exigía menos de él, y podía concentrar su energía a un nivel mucho mayor, que le permitía enfocar su visión en puntos muchos más concretos del espacio.

Eufórico por aquella sensación de libertad, Nirig-Naa concentró todas sus energías en aquella nación humana que se había salvado gracias a las artes de su discípulo: Silam, el antiguo reino arkaniano que valientemente había repelido a los bárbaros de Nastar y que ahora estaba en la posición idónea para abrazar de nuevo las tradiciones que se habían perdido tras la caída de Xinji. Porque si de algo estaba seguro Nirig-Naa, era de que lo que él había logrado con Burami era sólo el comienzo de una gran obra, una que no terminaría hasta que el reino de Silam se uniera a los dragones en una nueva alianza que les devolvería a su hogar y a su antigua gloria.

Volando en las alturas a gran velocidad, pasando como un rayo de sol entre las nubes, la vista de Nirig-Naa le llevó hasta la capital del reino, la gran ciudad amurallada que había resistido la invasión nastariana y desde la cual Glonius Lanza de Luz gobernaba los destinos de sus guerreros y forjaba las armas de calantio de su tropa de élite. La mente del dragón consiguió atrapar los pensamientos de aquel enorme pueblo, no de forma individual, pero sí como un sentimiento común que albergaban todos los silamitas: el optimismo que impulsaba su gran nación hacia delante ahora que la amenaza de aquellos salvajes había sido desterrada. El corazón de Nirig-Naa se hinchó de orgullo al pensar que había sido su pupilo quien había hecho posible esa victoria, y no le faltaba razón; de miles y miles de voces parecía surgir por doquier el nombre de Burami el del Brillante Escudo, el héroe entrenado por los legendarios dragones de Xinji que había puesto en retirada a las hordas enemigas. Nirig-Naa se permitió ese pequeño momento de soberbia antes de retirar su mirada de aquel espíritu colectivo y perseguir el nombre de Burami a través del viento como una idea que poco a poco se convertía en leyenda.

Su mente se concentró entonces en aquellos nombres que Burami albergaba en su corazón: su hermano Aliru y su padre Sidero. También los nombres de aquellos héroes surgían de la bruma de la emoción colectiva que Nirig-Naa percibía, quizás no tanto como el del propio Burami, pero lo suficiente como para permitirle trazar una línea que le llevó hasta un palacio de murallas de piedra donde un apuesto joven con los mismos ojos de su discípulo sostenía un pequeño bulto en sus brazos ante la mirada orgullosa de cientos de guerreros. Tras un esfuerzo considerable que puso a prueba su poder de concentración, Nirig-Naa tuvo una imagen clara y nítida de aquello que Aliru –porque no era otro quien estaba allí– sostenía en sus brazos: un pequeño niño envuelto en sábanas verdes. A pesar de que todo parecía indicar que llevaba poco tiempo en el mundo, aquella criatura tenía ya la cabeza cubierta de un suave y brillante pelo negro como el de su padre. Los soldados reunidos en aquel lugar hacían sonar sus armas y gritaban a coro un nombre que el dragón rojo no era capaz de escuchar.

Tentado por la curiosidad, Nirig-Naa decidió poner a prueba una vez más su poder; concentraba toda su voluntad en aquel nombre que sus oídos no percibían, intentó descifrar la palabra que los soldados repetían una y otra vez, pero cuando creyó que estaba a punto de formarse en su cabeza la primera sílaba de aquel nombre, un manto de color rojo cayó delante de su mirada, al tiempo que un ruido atronador, semejante al del aire desgarrándose, retumbaba en sus oídos.

Sin previo aviso, la consciencia de Nirig-Naa fue arrojada de la proyección en la que se hallaba sumergido e hizo regresar su espíritu a su cuerpo de forma repentina. A diferencia de las otras ocasiones en que había empleado dicha técnica, su regreso al mundo físico fue violento, como si una mano invisible le hubiese cogido del aire y lo hubiese arrojado a su propio cuerpo con una fuerza capaz de hacerle pedazos. El dragón rojo apretó los dientes al sentir un intenso dolor que se extendió por todo su cuerpo, y al intentar abrir los ojos se dio cuenta de que su cerebro todavía estaba atado a ese mundo invisible en el que su alma se movía libremente. Esta vez, sin embargo, su espíritu no abandonó su forma física. Al contrario, fue como si una nueva y aplastante realidad invadiera su mente y le obligara a ver aquello que sus poderes habían descubierto, aunque fuera de manera accidental.

En su cabeza apareció entonces la imagen de una gran tela roja que se extendía sobre un pequeño pueblo de casas de piedra. Por todas partes se escuchaban gritos y el chocar de las espadas mientras la bandera que cubría aquella visión ondeaba movida por una mano invisible. Un gran muro de fuego comenzó a crecer detrás de la tela, mezclaba su crepitar con los gritos y el chocar de los metales, así como los cascos de los caballos desbocados. Nirig-Naa escuchó el ruido de cuerpos cayendo al suelo mientras las llamas devoraban la tela roja y la hacían desvanecerse. Detrás de aquel lienzo ardiendo el dragón rojo alcanzó a ver la silueta del poblado, la forma de las casas cubiertas por las llamas, las sombras de la gente que corría desesperada mientras varios guerreros plantaban cara en la plaza a un grupo de salvajes a caballo, los cuales daban rápida cuenta de ellos. Uno de los guerreros portaba una espada larga de calantio en las manos, pero a pesar de que había luchado valientemente, también él terminó siendo derrotado por aquellos enemigos cuando una lanza le alcanzó de lleno en el centro de la espalda.

La visión de aquel hombre cayendo al suelo cubierto de sangre arrancó finalmente a Nirig-Naa de su trance. Sintiendo que su corazón se aceleraba, corrió fuera del círculo de fuego y pasó a toda velocidad por los grandes túneles de Antok, se dirigía hacia el exterior a fin de buscar desesperadamente a Burami. Debía hacerlo pronto antes de que los detalles de aquello que había visto se desvanecieran de su mente.

Burami se encontraba a escasa distancia de allí, en medio del bosque cercano al Portos, en conversación con otros dos de los dragones de la casa de Nairik, enormes bestias de color verde que le preparaban para aquello que encontraría en su viaje a Xinji. Los tres quedaron sorprendidos al ver a Nirig-Naa acercarse a toda prisa. El joven Dragún fue el primero en notar en los ojos de su maestro la mirada de terror de alguien que ha presenciado un terrible evento.

—Nirig-Naa –dijo Burami–, ¿qué ocurre?

Nirig-Naa tardó en responder. Ahora que tenía a Burami frente a él, era como si algo se hubiese atorado en su garganta.

—Burami... –dijo–, tienes que irte de aquí, ahora.

Ante aquellas palabras, Burami se acercó a su maestro, con una mirada de extrañeza en su rostro, pero con todo su cuerpo entrando ya en tensión ante lo que se avecinaba. Los otros dos dragones notaron también la terrible noticia en los ojos de Nirig-Naa. A diferencia del joven humano, ellos conocían perfectamente las capacidades del dragón rojo y su contacto con fuerzas más allá del mundo tangible.

Por ese mismo motivo sabían que una advertencia como aquella no debía ser tomada a la ligera.

—¿Qué ocurre? –volvió a preguntar Burami–. ¿A dónde debo ir?

—He tenido una visión –dijo–. Ha sido muy confusa, y no estoy seguro de si es algo que ha sucedido o que sucederá, pero es algo terrible, algo que tiene que ver directamente contigo.

—¿Qué visión, Nirig-Naa? ¿De qué hablas?

—Fue muy repentina, tan real que era como si estuviese también yo allí. Vi un pueblo en llamas, casas ardiendo mientras un grupo de salvajes a caballo masacraba a la población. Era tu pueblo, Burami. Y esa bandera roja... creo que he visto tu pueblo siendo atacado por la tribu de Nastar.

Burami se acercó aún más a Nirig-Naa, tanto que el dragón rojo pudo ver en la mirada de su discípulo cómo el temor crecía dentro de él.

—Nirig-Naa... –dijo Burami–, eso que has visto no es posible. La tribu de Nastar ha sido derrotada, lo sabes perfectamente.

—Esto es diferente, Burami. En esta visión... había un guerrero que luchaba contra aquellos jinetes y caía muerto ante ellos. Tenía una espada de calantio... antes de que la visión se desvaneciera, alcancé a ver el rostro de aquel guerrero. Estoy seguro de que era tu padre.

Nirig-Naa vio cómo el color abandonaba el rostro de su discípulo. Sin mediar palabra, Burami tomó sus armas y se lanzó en carrera hacia el río, alejándose de Antok y corriendo en dirección al camino que le llevaría hasta la aldea. Nirig-Naa corrió tras él llamándole, hasta que finalmente le alcanzó junto a la rivera. Dejándole subir sobre su lomo, el dragón emprendió el viaje a toda velocidad, pasando a través de los árboles y viajando por largas cavernas subterráneas. El viaje les tomó varios días, durante los cuales no se detuvieron más que lo estrictamente necesario para poder reponer sus gastadas energías. Su largo camino les llevó hasta aquella cueva de los bosques negros donde todo había comenzado.

—Debo quedarme aquí –dijo Nirig-Naa–. Todavía no ha llegado el momento en que los nuestros puedan mostrarse abiertamente ante los humanos.

—Desde aquí puedo llegar rápidamente al pueblo –respondió Burami–. Puede que tarde en volver.

—Espero que lo que he visto no haya sido más que un desvarío, Burami –dijo el dragón.

Pero en el fondo de su corazón sabía que aquello no era lo que había ocurrido, y que lo que había asaltado su mente aquel día era más que una visión; era la revelación de aquella jugada que el destino les había hecho a ambos.

Si Burami había tenido cualquier duda acerca de la veracidad de aquella visión de Nirig-Naa, estas se disiparon una vez que llegó al camino que llevaba hasta su aldea; desde muy lejos vio la columna de humo que se alzaba por encima de los techos de las casas, muchos de los cuales se habían venido abajo. El pueblo entero parecía una gran mancha negra en medio del paisaje. Burami aceleró el paso lo más posible y llegó hasta los límites de la aldea. Al principio nadie salió a recibirlo, pero poco a poco comenzó a ver los rostros de varios de los sobrevivientes de aquel ataque, que se habían escondido al saber que se acercaba un guerrero en quien seguramente veían a alguno de los invasores.

Cuando los habitantes del pueblo vieron que quien se acercaba era Burami, fue como si una presa se hubiera venido abajo y el torrente de lamentos contenido hasta entonces hubiera sido liberado de golpe. La cantidad de gente que se acercó al joven guerrero no era muy grande, apenas los supervivientes de la masacre; un grupo de mujeres, jóvenes y ancianos que lloraban desconsolados y alternaban sus lamentos con terribles maldiciones contra el grupo de bárbaros que habían traído la muerte a un pueblo que finalmente se sentía seguro una vez más.

Burami, sin embargo, no podía escucharles. Toda su atención estaba ocupada por la imagen de su pueblo natal reducido a un esqueleto carbonizado de casas derruidas y paredes negras en medio de grandes columnas de humo. Prácticamente no quedaba ningún edificio que no hubiese sido pasto de las llamas. Todas las entradas del pueblo habían sido nuevamente abiertas, y aunque nadie se lo hubiese dicho, era obvio para Burami que los invasores habían entrado simultáneamente por todos los flancos. La plaza en la que valientemente había plantado cara a los bárbaros años atrás estaba ahora sembrada de cadáveres tanto humanos como de caballos. Algunos de los cuerpos llevaban las vestimentas de cuero y los rostros pintados de los Nastar. Aquellos salvajes ni siquiera habían recogido a sus propios muertos, simplemente los habían dejado tirados en medio de la escena de la masacre. De todas formas, eran pocos comparados con las bajas que había sufrido la aldea; la mayoría de los defensores que Burami había entrenado habían sido reclutados para la guerra y muchos no habían regresado.

Entonces fue cuando Burami vio la pica que se alzaba en medio de la plaza. Al ver la cabeza que los bárbaros habían dejado allí, el joven guerrero sintió que toda la fuerza abandonaba su cuerpo. La visión de aquellos ojos grises idénticos a los suyos, desprovistos ahora de todo signo de vida, hizo que sus rodillas no pudieran sostenerle, con lo que cayó sobre el suelo con un grito de horror atravesado en su garganta.

Los pocos aldeanos que le habían recibido se agruparon alrededor de él, le relataban la historia de la invasión entre fragmentos confusos y caóticos que Burami sólo entendió parcialmente. La tribu de Nastar, por lo visto, había atacado de noche, gritando el nombre de Burami. Sidero, que había regresado a la aldea una vez terminada la guerra, había organizado la defensa y los había enfrentado; pero los bárbaros eran muchos, contaban con el factor sorpresa y sabían esta vez lo que podían esperar. A pesar de que el padre de Burami había luchado valientemente, aquello había sido una masacre. La madre de Burami se había lanzado sobre ellos cuando vio cómo su esposo caía en batalla, así que también la habían matado. Luego uno de los bárbaros ordenó prender fuego a la aldea, al tiempo que maldecía el nombre de Burami el del Brillante Escudo. Mientras sus hombres arrojaban antorchas encendidas sobre los tejados y pasaban a cuchillo a todo aquel que se oponía al destrozo, el líder de la fuerza invasora tomó la espada de calantio de Sidero y le cortó la cabeza, y la puso en una pica en medio de la plaza como advertencia para aquel guerrero que había causado la ruina de los suyos.

Burami enfureció. Entre gritos, preguntó a los aldeanos por qué habían dejado la cabeza de su padre en aquel lugar como un símbolo de la afrenta de aquellos salvajes. Pronto entendió, sin embargo, que sus reclamos eran inútiles. El ataque había dejado una impresión de muerte en los aldeanos, había destruido su espíritu. Todo lo que esos salvajes habían tocado parecía dominado por una maldición, que hacía que muchos tuvieran miedo incluso de acercarse a aquella terrible muestra de poder que habían dejado en la plaza. Aquello no hubiese durado para siempre, claro está, pero Burami había llegado justo a la mañana siguiente del ataque.

Lo cierto es que él no había estado allí en el momento en que su aldea caía bajo las fuerzas de Nastar. Aquello por lo que había luchado años atrás se había venido abajo, y para entonces los bárbaros que habían perpetrado aquel horror seguramente se hallaban lejos, fuera de su alcance, avanzando a todo galope hacia las llanuras donde ellos reinaban. Uno de aquellos monstruos llevaba al cinto la espada de Sidero, todavía manchada con su sangre.

Burami se levantó y cogió la cabeza de su padre entre sus manos, sintiendo que una ola de fuego se apoderaba de él. Siguiendo sus órdenes, el pueblo continuó recogiendo sus muertos. El propio Burami se encargó de dar sepulturas a sus padres, tras lo cual ordenó que los cadáveres de los nastarianos fueran quemados en una gran hoguera para que sus cenizas fueran esparcidas en el viento.

Aunque no quisiera aceptarlo, el joven Dragún sabía que aquel era el fin de su aldea natal. Los supervivientes poco a poco fueron abandonando el pueblo durante los siguientes días, buscando refugio en las aldeas vecinas, en las ciudades, huyendo hacia ninguna parte. Al final sólo quedó Burami en medio de las ruinas, sumido en su propia desolación y sintiendo cómo una poderosa rabia crecía en su interior hasta desbordarlo, una rabia que sólo tenía un objetivo: las praderas infinitas de los nastarianos, las altas hierbas donde el Azote una vez había reinado, y que ahora se extendían ante el alma de un guerrero Dragún que ansiaba teñirlas de sangre.

Sabiendo finalmente lo que tenía que hacer, dominado su espíritu una vez más por un propósito, Burami tomó sus armas y emprendió el viaje que le llevaría hasta el lugar donde lo esperaba su ejército, siguió el sendero que le llevaría hasta los altos muros de Silam.

Esta vez el camino fue más largo que en aquella ocasión en la que entró triunfante en las murallas de la capital del reino, pero Burami no pareció darse cuenta. Cuando el viaje terminó y sus ojos divisaron las puertas de Silam, un grupo de guerreros salió a recibirlo, ondeando la bandera verde de Glonius al tiempo que los caballos rompían formación al acercarse a él. Burami, que había conseguido en el trayecto hacerse con un corcel propio, no perdió tiempo en explicaciones y exigió entrevistarse con el rey y su hermano Aliru. Le extrañó en ese momento no ver ningún movimiento de tropas en los alrededores de la muralla, y pensó —no sin cierta sorpresa— que la masacre de su pueblo natal no había llegado todavía a oídos de la corte.

En el palacio, Burami fue directamente hacia el salón del trono donde creía que le esperaba el rey y su consejo de guerra. En el camino varios de los generales salieron a su encuentro, y en medio de ellos vio la alta figura de Aliru. Al verle, su hermano mayor corrió hacia él y le abrazó con tanta fuerza que parecía que quería partirle en dos. En aquel momento Burami sintió por primera vez en días el cansancio del viaje; sus rodillas estuvieron a punto de dejarle caer al suelo, y se aferró a su hermano con todas sus fuerzas intentando reprimir el grito que ya se asomaba a su garganta. Al separarse de Aliru, una mirada en sus ojos fue suficiente para darse cuenta de que las noticias habían llegado más rápido que él; la destrucción de su aldea ya era conocida en el reino.

Para Burami estaba claro que no había necesidad de palabras para hacerle saber a su hermano lo que había que hacer. Tomándole de los hombros, le dijo:

—Tienes que conseguirme una audiencia con el rey. Ahora.

Aliru tomó con sus dos manos el rostro de Burami. En sus ojos el joven Dragún pudo ver los restos de una ira reprimida que también luchaba por salir.

—El rey no se encuentra aquí –dijo–. Apenas tuvimos noticia de la masacre, partió con un destacamento hacia las provincias del este. Al parecer fue allí donde el grupo que arrasó con nuestro pueblo cruzó la frontera.

Burami no pareció entender lo que había dicho su hermano.

—¿Estás diciendo que el rey ha ido tras esos salvajes? ¿Por qué no le has acompañado?

Aliru apartó la mirada de su hermano menor y pareció encerrarse en sí mismo. Por la forma en que apretaba los puños, Burami creyó entender que su presencia en el palacio había sido motivo de una aireada discusión.

—Si hubiera podido elegir –dijo Aliru, todavía sin mirar a Burami–, hubiera cabalgado incluso yo solo tras esos animales y les habría hecho pagar por lo que hicieron. Deseaba en el fondo que todo no fuese más que un truco de los nastarianos, una vulgar mentira destinada a sacarnos de la seguridad de estas murallas. Pero si tú estás aquí, quiere decir que mis mayores temores se han confirmado, y que esos salvajes han matado a nuestros padres y arrasado nuestro pueblo. Hace unos días, la sola posibilidad de que esto fuera cierto hizo que la ira se apoderara de mí. Pero Glonius me ordenó permanecer en el palacio.

—¿Por qué? –preguntó Burami.

—Dijo que no podía permitir que yo hiciera alguna locura. Creo que temía que me lanzara encima de la tribu de Nastar y causara mi propia muerte. Pero también esperaba que tú vinieses aquí. Me dijo que si cruzabas las murallas de la ciudad, yo debía asegurarme de que permanecieras aquí y esperaras su regreso.

Burami no podía creer lo que estaba escuchando. Durante todo el viaje había pensado que apenas llegara a la ciudad, los ejércitos de Silam se levantarían en masa para ayudarle en lo que consideraba una justa retribución por el mal causado por los bárbaros. Ahora se encontraba con que el rey ya había partido a la batalla y le ordenaba por primera vez permanecer en la retaguardia, dejando incluso a su hermano para asegurarse de que se estaría quieto en el castillo como un animal desbocado al que había que controlar.

—Esto es absurdo, Aliru –dijo–. Nuestros padres han muerto, yo mismo sostuve la cabeza de Sidero en mis manos. Los salvajes que han hecho esto deben estar llegando ya al santuario de su tierra natal, si no es que ya han cruzado la frontera. ¿Qué puede ser más importante que conseguir nuestra venganza?

Aliru tomó a su hermano del hombro y le hizo andar por el pasillo.

—Ven conmigo –dijo–. Hay alguien a quien debes conocer.

A medida que se alejaban del gran salón del trono y se adentraban en el palacio, Burami sentía que sus movimientos se hacían más difíciles, como si el aire a su alrededor se hubiera hecho líquido. Durante los días que había tardado en llegar a la ciudad, una rabia feroz había guiado cada uno de sus pasos, pero a esa ira se había antepuesto la certeza de que el rey, y sobre todo su hermano, comprenderían la necesidad de actuar contra la tribu de Nastar lo antes posible. ¿Qué podía ser más importante que eso para Aliru?

Finalmente llegaron al ala de palacio ocupada por algunos de los más destacados nobles de la corte. La austeridad de los muros de piedra y la sobriedad de aquellos ventanales eran iguales a las del resto del edificio, pero las pesadas cortinas y una red de jardines que serpenteaba entre las torres dejaban evidencia del lujo que había acogido a Aliru desde su ascenso en la corte de Glonius. Fue en ese momento cuando Burami se dio realmente cuenta de que no sabía nada de la nueva vida de su hermano; sus obligaciones en el frente de batalla y la guerra que libraba en su mente contra los salvajes de Nastar le habían incluso impedido ir a la boda de Aliru, por lo que sólo en ese instante recordó que no había visto nunca a su esposa.

Alina pertenecía a una de las familias más antiguas de Silam, por lo que Burami ya había escuchado hablar de la joven en varias ocasiones. No obstante, nunca antes había posado los ojos en ella, y al verla entendió que aquella belleza podía perturbar el corazón de alguien como su hermano. Era silamita de pies a cabeza: su cabellera ondulada era tan negra que parecía absorber la luz, y sus ojos eran de un verde profundo como la esmeralda que colgaba del cuello del rey Glonius. Sentada en uno de los bancos de piedra del jardín, parecía la estatua de una diosa de los bosques gracias a su vestido verde que caía sobre el suelo como si estuviera cubierta de hojas.

En sus brazos, la joven llevaba un pequeño niño envuelto en ricas telas. Burami guardó silencio al verlo.

Al ver entrar a Burami, Alina se puso de pie y se acercó a los dos hombres. Su cabeza hizo una pequeña reverencia, pero sus ojos no se separaron de la mirada del joven Dragún.

—Mi señor –dijo–, estoy feliz por finalmente conoceros. El reino entero cuenta historias de vuestra fuerza y valor, pero no ha pasado día sin que Aliru me hable de vos y del amor que os une.

Por un breve instante Burami pensó en lo difícil que había sido su relación con su hermano durante la época de su niñez. Sus labios se abrieron para decirle a aquella hermosa joven que había sido necesaria una guerra para que ese amor del que hablaba floreciera en el corazón de Aliru, pero no dijo nada. Toda su atención estaba dividida entre los ojos verdes de su bella cuñada y el pequeño niño que sujetaba contra su pecho.

—Burami –dijo Aliru–, este es Ganilo, mi hijo, el futuro de nuestro linaje.

Los ojos de Burami se fijaron en el niño que dormía entre las telas. Era muy pequeño, y a pesar de que había nacido apenas unos días atrás, lo había hecho con una cabellera espesa tan negra como la de su madre. En su pueblo siempre se había creído que aquellos que nacían con una cabeza poblada estaban de alguna manera marcados por la diosa Butomba para hacer grandes cambios en el mundo, y Burami estaba seguro de que Aliru creía en aquella vieja superstición. Al mirar nuevamente a su hermano, observó algo nuevo en sus ojos, algo que nunca antes había visto en los años que llevaba conociéndole, algo que ni siquiera había visto en las batallas en las que lucharon juntos contra la tribu de Nastar. Por primera vez veía en la mirada de Aliru un orgullo y una felicidad incontenibles, como si hubiera sufrido una nueva transformación mucho más fuerte que aquella que la guerra había dejado en él.

La sola idea arrojó una sombra oscura sobre su corazón, porque se dio cuenta en ese momento de que había perdido a su hermano, y peor aún: nada de lo que él dijera podría traerlo de vuelta, ni siquiera el vil y cobarde asesinato de sus padres.

—Hermano –dijo Burami–, el linaje del que hablas es un árbol que ha sido arrancado de raíz por esos salvajes de Nastar. Tu lugar no está aquí cuidando de un niño que tiene a su madre y a cientos de guerreros protegiéndole. Tu lugar está conmigo, luchando a mi lado y haciendo que los asesinos de nuestra gente paguen por lo que han hecho.

La mención de los invasores trajo un gesto de angustia al hermoso rostro de Alina, que clavó sus ojos en Aliru buscando una respuesta que, por lo visto, ya había tenido en varias ocasiones. Aliru apartó la mirada, pero aún así Burami pudo ver una cadena invisible que le unía a los ojos de aquella joven, una cadena que Aliru llevaba con alegría, pero que inevitablemente le causaba un gran conflicto ante la mirada inquisidora de su hermano.

—El árbol al que te refieres no ha sido arrancado –dijo Aliru–. Su tronco está vivo aquí, ahora, presente en nosotros dos, y en mi hijo que un día habrá de ocupar un sitio de honor en la élite de Silam. Sabes perfectamente bien que Glonius no tiene herederos. En palacio se rumorea que la reina no puede darle hijos y él la ama demasiado como para hacerla a un lado. Este niño es importante para el rey. Todos los niños que nacen en este palacio son importantes para el futuro del reino.

—Hablas del futuro de Silam como si fuese algo escrito en piedra –respondió Burami–, como si el destino no nos hubiese demostrado ya que puede arrebatarnos todo aquello que amamos, todo por lo que hemos luchado. Todavía puedo sentir la sangre que manchó mis manos cuando bajé la cabeza de nuestro padre de aquella pica donde esos monstruos la habían puesto. Debemos ir tras ellos y derrotarlos de una vez por todas. Sólo así conseguiremos ese futuro del que hablas.

Quizás alarmada al escuchar hablar de sangre y muerte, Alina interrumpió la conversación entre los dos hermanos.

—Antes de que el rey partiera, conseguí escuchar las palabras del mensajero que trajo la noticia –dijo la joven, acercándose a Burami–. Nadie cree que haya en este momento una invasión. A pesar de la entrada de ese pequeño grupo, las fronteras están seguras. La guerra ha terminado, mi señor.

—¡No! –gritó Burami, alejándose de ella repentinamente, como si temiera que el embrujo de sus ojos verdes pudiera poner también una cadena invisible en torno a él–. La guerra no ha terminado. Los nastarianos no permitirán que acabe. ¿Cómo podemos creer que nuestras fronteras están seguras? ¿Cómo podemos pensar que estamos a salvo? ¿Quién puede asegurarnos que dentro de un año, o diez, o cien, las murallas de Silam no caerán frente a este enemigo, o cualquier otro que en ese momento recuerde una ofensa como esta? ¿Qué será de nuestra estirpe y nuestro futuro, Aliru?

Su hermano no le dio respuesta alguna. Su mirada esquivaba la de Burami y parecía buscar refugio en los ojos de su joven esposa, como si ella fuese la salvación no sólo de las palabras de su hermano menor, sino también de sus propias dudas y temores.

Pronto Burami desistió de seguir hablando con él. Pasó todo aquel día deambulando por el castillo, negándose a entablar conversación con nadie. Cada vez que pasaba frente a una ventana, sus ojos buscaban el patio de armas del palacio, esperando el momento en que alguien diera alguna señal de la llegada del rey. Ya cerca del anochecer, una trompeta anunció la apertura de la muralla, y un batallón de soldados a caballo liderado por Glonius Lanza de Luz se abrió paso entre las tropas.

Burami corrió escaleras abajo y salió a recibir al monarca. Las ropas de Glonius estaban sucias por el polvo del camino y su estandarte mostraba una gran mancha de sangre, pero su semblante se vía sereno. Una batalla había sido librada, y las fuerzas de Silam una vez más habían salido victoriosas.

Al ver a Burami, el rey bajó de su caballo y se quitó el casco de calantio que mostraba el emblema de la doble serpiente. El joven Dragún puso una rodilla en tierra e inclinó la cabeza en señal de respeto a su soberano. Glonius se acercó a él y puso una mano sobre su hombro como un padre intentando consolar a su hijo.

—Levántate, Burami –dijo–. Ahora no es el momento de reverencias.

Una vez que se hubo levantado, Burami sintió cómo Glonius se acercaba a él y le abrazaba fuertemente. Sorprendido ante la muestra de afecto del rey, el joven tardó en contestar al abrazo. Lo hizo con una gran tensión, anticipando la discusión que se avecinaba.

Pero antes de que pudiera pronunciar palabra alguna, el monarca le interrumpió.

—No aquí –dijo Glonius–. Ven conmigo.

Flanqueados por apenas un par de guardias, Burami y Glonius se adentraron en el palacio. Cuando llegaron al gran salón del trono, Aliru ya estaba esperándoles. El rey ordenó a sus soldados que les dejaran conversar en paz. Los guardaespaldas se marcharon dejando a los tres guerreros solos en el inmenso recinto. Glonius permaneció de pie junto a la ventana, mirando la luz moribunda del atardecer que teñía de naranja los cristales. En ningún momento se sentó en el trono, pero mantuvo su distancia de Burami y Aliru para hacerles entender que aquella familiaridad que les otorgaba era un privilegio, y que él seguía siendo su rey.

—Me alegra que hayas decidido esperar a mi regreso, Burami –dijo–. Temía que no te encontraría aquí. Ha sido el motivo por el cual he vuelto tan rápido como he podido.

—Mi señor –dijo Burami–, si sabéis lo que ha ocurrido, entonces no debo explicaros lo importante que es para mí que me escuchéis.

—No necesito escucharte –contestó el rey–. No sólo sé lo que ha ocurrido, sino que también sé aquello que estás por pedir de mí. Vengo a decirte que no es necesario; en cuanto supe de esta nueva afrenta a nuestro reino, yo mismo decidí partir a la batalla. Hemos conseguido interceptar a una parte importante de los guerreros nastarianos que atacaron tu pueblo. Todos esos salvajes ahora están muertos, y sus cuerpos han sido expuestos en el camino como advertencia a todos aquellos que osen alzar su mano contra Silam. Ni siquiera su dios Filgur ha podido salvarles de la ira de los hijos de Butomba.

El rey hablaba de aquella victoria como si fuese una gran hazaña, como si Burami, Aliru o incluso el propio Glonius no hubiesen salido victoriosos de grandes batallas contra miles de guerreros. El escucharle hablar ahora con orgullo de la ejecución de un puñado de desharrapados oprimía su alma con una mezcla de confusión y rabia.

—Mi señor –dijo Burami de nuevo–, la afrenta que se ha hecho contra nosotros no puede ser lavada con la sangre de apenas un pequeño destacamento. ¿Puedo preguntaros qué ha ocurrido con el resto de la tropa que arrasó nuestro pueblo natal?

—Puedes –dijo Glonius, visiblemente molesto ante el evidente menosprecio que Burami había hecho de su victoria–, pero harías bien en no hablar a la ligera de tributos de sangre. Nuestros espías consiguieron rastrear al resto de los nastarianos que se colaron en nuestros dominios, pero para el momento en que nuestros propios hombres consiguieron vencer a la retaguardia, el grueso de ellos ya había cruzado la frontera y vuelto a sus planicies, de donde nunca debieron haber salido.

—¿Queréis decirme entonces que no les habéis seguido? ¿Por qué no habéis ordenado a vuestros hombres entrar en la pradera y darles muerte?

Glonius observó a Burami con una gran interrogante en su rostro, como si la respuesta a esa pregunta fuese tan evidente que no podía comprender por qué aquel joven la hacía. Fue entonces cuando Aliru se acercó a su hermano e intentó razonar con él.

—Burami, ¿te das cuenta de lo que estás diciendo? Lo que estás sugiriendo es invadir las praderas de la tribu de Nastar. Sabes perfectamente bien que es una hazaña imposible.

—No lo estoy sugiriendo, Aliru. Estoy diciendo claramente que es eso lo que tenemos que hacer.

—¡Pero eso sería un suicidio!

—¡Sería justicia! –gritó Burami, enfurecido–, ¿Cómo podemos siquiera considerar un solo momento no vengar la sangre de nuestra gente?

Nuevamente el rey volvió a tomar la palabra.

—Creo que no te has detenido a considerar lo que significaría una invasión –dijo–. En este momento, todos los clanes de Nastar están en guerra uno con otro, y se culpan del fracaso de la invasión de Silam. Si Silam entra en sus fronteras, entonces los clanes se unirán otra vez contra un enemigo común. Y sabes muy bien, Burami, que los nastarianos son invencibles en esa tierra maldita en la que viven. Ningún ejército humano les ha vencido en su terreno. Si nuestros soldados invaden esa tierra, será igual que si nosotros mismos los pasásemos a cuchillo, y todas las victorias que hemos conseguido no significarán nada.

Burami guardó silencio. Su mirada escudriñaba los ojos de Glonius buscando alguna señal de que no estaba escuchando lo que creía oír.

—Mi señor... –dijo finalmente–, en estos momentos la tribu de Nastar está en una posición de debilidad como nunca se había visto en al menos cien años. Tenemos una oportunidad histórica de entrar en las planicies y acabar con ellos para siempre. Si no lo hacemos, estaremos solamente postergando otro enfrentamiento y arriesgando el futuro de Silam.

—El futuro de Silam ya está asegurado. A pesar del precio de sangre que hemos tenido que pagar, esta guerra nos ha traído también una nueva generación de soldados que forjarán la nueva Silam, un reino llamado de nuevo a la grandeza. Tu hermano es parte de ese nuevo reino que quiero formar, y también quiero que tú seas parte de él, Burami. No quiero perderte ahora. No quiero perder a ninguno de los dos. No pienso hacerlo.

Aliru se acercó a su hermano, y aunque al principio dudó en tocarle al ver lo alterado que estaba, colocó una mano sobre su hombro intentando apelar a la mejor parte de su naturaleza como nunca antes había hecho.

—Hermano, escucha las palabras de nuestro señor –dijo–. Te necesitamos. Nuestra familia está aquí, ahora.

—Sé muy bien –dijo Glonius– que no es la preocupación por el futuro de Silam lo que arde en tu corazón en este momento, sino la muerte de tu padre a manos de esos bárbaros. Puedo entenderlo perfectamente, más de lo que crees. Pero ahora debes tu lealtad al reino, y parte de la carga que conlleva esa lealtad es saber que si tu vida ha de ser sacrificada, debe ser por una causa mucho más trascendente. La venganza que deseas traería una nueva guerra a este reino que significaría su ruina. Algún día la tribu de Nastar habrá de caer, pero ni tú ni yo seremos quienes pondrán fin a ella. Debes entenderlo, Burami. Sé que ahora mismo es difícil que lo veas de esa forma, pero tu lugar está aquí.

Burami miró entonces a su hermano, y fue la visión de su rostro desesperado lo que finalmente le hizo tomar su decisión. Los ojos de Aliru parecían suplicarle que entrara en razón, pero una parte de ellos mostraba un sufrimiento capaz de hacerle pedazos, sufrimiento por saber que su padre estaba muerto y que su deber como miembro de la corte era renunciar a su venganza a cambio de dirigir el destino de Silam en el futuro. Burami no estaba seguro de que su hermano realmente hubiese aceptado su destino de buena manera, pero sabía que no desafiaría la autoridad del rey. Darse cuenta de esa realidad fue para el joven Dragún un golpe mayor que ver los ojos sin vida de su padre en lo alto de una pica; los nastarianos eran una horda de salvajes, no se podía esperar nada mejor de ellos. Los dos hombres que ante él se hallaban se contaban, en cambio, entre los más grandes de Silam.

Con un lento movimiento, Burami retiró la mano de Aliru de su hombro. Comenzó a retroceder sin apartar la vista de él ni del rey.

—Os equivocáis –dijo Burami–. Si algo he aprendido hoy, es que no es aquí donde pertenezco. Y a pesar de que en algún momento haya cabalgado a vuestro lado y luchado bajo vuestra bandera, no es a vos a quien debo mi lealtad.

Tras decir esto dio media vuelta y salió del recinto. Aliru corrió tras él, llamándole a gritos, pero pronto se dio cuenta de que era inútil. Su hermano desapareció por las escaleras que daban hacia el patio de armas y abandonó el palacio.

Nunca volverían a verse.

La desaparición de Burami habría en otra ocasión creado alarma en los dragones de Antok, pero no esta vez. A pesar de que el joven Dragún no había regresado a la caverna donde Nirig-Naa le esperaba, el dragón rojo sabía perfectamente a dónde se había dirigido y con qué intenciones. No podía culparlo: la destrucción de su aldea había sido un golpe impredecible que había bastado para incendiar el espíritu de su discípulo. Nirig-Naa tan sólo esperaba poder traerlo de vuelta de aquella nube de ira en la que debía estar moviéndose.

Con esta idea en la cabeza regresó a la ciudadela de Antok, donde comentó todo lo ocurrido a Volren-Naa. El rey de los dragones escuchó atento las palabras de su súbdito y ordenó que Burami fuera encontrado. Si la muerte de los suyos le había trastornado, era necesario hallarle antes de que pudiera hacerse daño a sí mismo. Nirig-Naa parecía un poco más optimista y le dijo al rey que estaba seguro de que Burami regresaría a ellos por su propia voluntad. No le dijo, sin embargo, aquello que más le preocupaba: durante todos aquellos días no había habido movimientos de tropas por parte de Silam. Eso sólo podía significar una cosa: la nación de Butomba no pensaba atacar los dominios de la tribu de Nastar. Aquello era una buena noticia para el reino –Nirig-Naa sabía que aventurarse en aquellas praderas significaría la muerte para aquellos humanos–, pero imaginaba que Burami no reaccionaría bien una vez que su propio pueblo le arrebatara su venganza.

Pronto tuvo la oportunidad de comprobarlo por sí mismo; tal como lo esperaba, tras varios días de ausencia, Burami volvió a la ciudadela. Nirig-Naa le vio aparecer solo, a pie por la ribera del Portos. Había dejado su caballo atrás para no asustar a la bestia con la presencia de los dragones. Al ver a su maestro, Burami se detuvo y esperó a que este se acercara a él. Parecía reacio a acercarse a la montaña.

—Sabía que volverías aquí –dijo Nirig-Naa–. Lamento sólo que el rey Glonius no haya tomado la decisión que esperabas.

—El rey no piensa atacar las tierras de los nastarianos –dijo Burami–. Opina que es demasiado peligroso, y que una victoria sería imposible.

—Debo reconocer que Glonius tiene razón, Burami. Durante siglos muchos reinos han intentado conquistar esas planicies, y lo único que han conseguido es la muerte. Los nastarianos les hacen penetrar en lo más profundo de aquellas tierras, y una vez que lo hacen no consiguen volver. Dicen que el propio dios Filgur protege a sus fieles.

—Todo eso no es más que un montón de supersticiones. No querrás decirme que crees en esas historias.

En realidad no creía en la leyenda del dios alado, pero sí era cierto que muchas habían sido las naciones humanas en caer bajo la espada de los nastarianos en aquellas praderas. Y más allá de rumores o supersticiones, estaba claro que algo se movía entre las altas hierbas, algo que no era humano y que daba a los bárbaros la protección que necesitaban. Pero aquel no era el momento de discutirlo.

—Tu deseo de venganza puede llegar a consumirte si no lo pones bajo tu control –dijo Nirig-Naa–. Has hecho todo lo posible para salvar a los tuyos. Pero recuerda que desde el momento en que tomaste las armas contra los nastarianos tu gente dejó de ser simplemente aquella que habitaba tu aldea; tu intervención en la guerra ha salvado a toda Silam. No debes olvidar nunca eso.

—Mi padre y mi madre han muerto. Les he fallado. La salvación de Silam es poco consuelo para mí ahora.

—Sé que ahora piensas eso. Pero el futuro de tu reino está asegurado gracias a ti. Tu hermano Aliru tiene ahora un heredero que lleva también tu sangre, Burami. A pesar de que tus padres hayan muerto, tu linaje no morirá con él. La supervivencia es algo que va mucho más allá de tu propia vida como individuo. Los dragones hemos aprendido eso desde hace ya mucho tiempo.

—Pero mientras tú y yo hablamos aquí, los nastarianos también viven. También ellos han asegurado su futuro. Y a diferencia de mí, ellos sí han podido llevar a cabo su venganza. Todavía no puedo creer que Glonius les permita vivir después de lo que han hecho.

—No creo que para Glonius haya sido una decisión fácil. Pero él debe velar por su pueblo entero. No puede arriesgar la vida de todo un reino sólo por cumplir una venganza. Ni siquiera cuando el agravado es su mejor soldado.

Burami no parecía prestarle atención. Estaba claro que todas aquellas consideraciones eran cosas que ya se había dicho a sí mismo muchas veces. Y sin embargo, ninguna de estas ideas conseguía aplacar el incendio que había en su interior.

—No he venido aquí para escuchar justificaciones que Glonius ya me ha dado –dijo el joven Dragún.

—Entonces, ¿a qué has venido?

Nirig-Naa hizo la pregunta sólo porque quería ver la reacción de Burami. En el fondo sabía lo que su discípulo iba a decir.

—El rey de Silam me ha dejado muy claro que ya no pertenezco a lo que una vez fue mi reino. Creo que ni siquiera él mismo sabe la verdadera contundencia de su mensaje. He venido aquí porque entre los dragones de Xinji están mis auténticos hermanos, aquellos a quienes puedo acudir en este momento en el que todo es oscuridad. Deseo hablar con Volren-Naa. Sólo él puede dar una respuesta a la angustia que se ha apoderado de mí.

—Si lo que deseas es una audiencia con el rey, la tendrás. Sabes muy bien que te escuchará sin prejuicios. Pero creo saber lo que está en tu mente ahora, y debo aconsejarte que lo pienses bien antes de decir algo de lo que podrías arrepentirte.

—Deseo ver al rey –contestó Burami–. Es todo lo que puedo decirte ahora mismo.

Nirig-Naa llevó a Burami a la ciudadela, aunque decidió no separarse de él ni siquiera un momento. Tras descender por la espiral que llevaba a las profundidades de la caverna, maestro y discípulo llegaron una vez más a la estancia real, donde el gran Volren-Naa se hizo presente ante ellos. Burami hincó la rodilla ante el dragón blanco mientras este le observaba desde las alturas.

—Hasta nuestros oídos han llegado las noticias de la destrucción de tu pueblo natal –dijo Volren-Naa antes de que Burami pronunciara palabra alguna–. Lamentamos mucho que hayas tenido que vivir esta experiencia. Sabemos mejor que nadie lo que significa perder el lugar donde has nacido.

—Gracias, mi señor –dijo Burami–. En parte porque sé que puedes entender mi indignación es que he decidido volver a la ciudadela.

—La rabia, por justa que sea, no es buena consejera, Burami. Eres todavía demasiado joven para entender los peligros de dejarse llevar por el arrebato de las pasiones. Con el tiempo, eso es algo que aprenderás.

—Lo que digo no lo hago bajo el imperio de la emoción, mi señor. Mi viaje hasta aquí tiene un propósito muy claro. Debes saber que he abandonado la ciudad de Silam. El motivo de ello es que el rey Glonius, a pesar de todos los años que luché en la guerra bajo su bandera, me ha negado lo único que he pedido desde el día en que tomé las armas.

—Y exactamente, ¿qué ha sido lo que has pedido?

Nirig-Naa sabía que el rey era consciente de lo que Burami estaba por decir. Su pregunta, al igual que como él mismo había hecho, sólo buscaba que fuera el propio guerrero quien articulara sus intenciones en palabras.

—Le he pedido que me dejara armar un ejército de guerreros silamitas para invadir la tierra natal de la tribu de Nastar y acabar con su amenaza para siempre. En parte para vengar la muerte de mis padres, pero también para asegurarnos de que nunca más tenga un pueblo pacífico que sufrir la sed de sangre de esas bestias.

El rey puso su mirada en Nirig-Naa, quien observaba la escena en silencio.

—Entiendo que esa respuesta no haya sido la que esperabas –dijo finalmente Volren-Naa–; pero, por otro lado, era la única contestación posible. En las praderas de los nastarianos no hay posibilidad de victoria. Las tropas de Silam puede que tengan de su lado el poder del calantio, pero siguen siendo sólo humanos.

—Lo sé, por eso he venido hasta aquí.

Llegado este punto Nirig-Naa adivinó la tensión en el rostro de su rey. Burami parecía no tener idea de la magnitud de lo que estaba a punto de decir, y el dragón rojo temía las consecuencias que tendría que escuchar una vez que el líder de los dragones diera su respuesta.

—He jurado lealtad a Xinji –dijo Burami–, y sentirme rechazado por el rey Glonius me ha hecho darme cuenta de hasta dónde llega ese vínculo que me une a la raza de los dragones. Estoy dispuesto a dar mi vida por defender Antok, y por supuesto, deseo ir a Xinji y derrotar al Vlaken para que todos los dragones puedan volver a la tierra donde nacieron. Pero mi sentido del deber no puede hacerme olvidar que ahora el lugar donde yo he nacido ha dejado de existir. Ni siquiera tengo la esperanza de algún día poder regresar. Por eso vengo aquí y me pongo a tu merced, mi señor. Ante ti pongo mis armas y te pido que en virtud de la alianza que nos une, me ayudes una vez más a repeler a la fuerza invasora que ha manchado de sangre mis tierras. Otórgame el mando de tus dragones y déjame entrar a las praderas de los nastarianos y llevar la muerte a sus puertas. Si lo haces, no solamente yo, sino todo el pueblo de Silam estará siempre en deuda contigo.

Mientras esperaba la respuesta del rey, Nirig-Naa notaba cómo las galerías del túnel vertical sobre su cabeza se llenaban con la mirada de cientos de dragones que habían venido a observar a Burami hacer su petición. Todos ellos sabían perfectamente cuál sería la palabra que Volren-Naa diría en aquel momento, pero ese conocimiento no hizo nada por aliviar la tensión del ambiente hasta que llegó el momento decisivo.

Finalmente, tras una pausa en la que pareció considerarlo durante un momento, Volren-Naa dijo:

—Entiendo el dolor que sientes, Burami. Pero mi respuesta es no.

El rostro del joven Dragún pareció por un instante haber perdido todo el color. Volren-Naa miró detenidamente sus ojos, y fue como si de repente hubiese visto en ellos un gran incendio que devoraba todo a su paso.

—Lo lamento –continuó diciendo el rey–, pero lo que pides es imposible.

—¿Imposible? –preguntó Burami, poniéndose de pie–. ¿Cómo puede ser imposible? Uno solo de tus dragones en batalla vale por decenas de guerreros. ¿Pretendes decirme que las fuerzas de Antok no podrían arrasar con la tribu de Nastar, incluso en su tierra natal?

—No digo que la victoria no fuese posible, Burami. Pero has olvidado una cosa muy importante y que deberías tener siempre presente: los dragones de Xinji no podemos intervenir en un conflicto humano. Es algo que nunca hemos hecho y que nunca podremos hacer.

—¡Pero ya habéis intervenido! Nirig-Naa fue quien me entrenó, y luché en la guerra contra los nastarianos.

—La invasión de la tribu de Nastar fue lo que te hizo convertirte en Dragún. Nirig-Naa decidió compartir su conocimiento contigo, y gracias a ello, Silam triunfó en la guerra. Pero eso es algo muy distinto a entrar en batalla en batalla en nombre de una nación o de cualquier individuo humano. Por ningún motivo seremos nosotros quienes invadan tierras habitadas por hombres. Si lo hiciéramos, tendrían motivos para desconfiar de nosotros, y eso a la larga hará imposible la alianza que buscamos, una que debe ser con toda la humanidad y no con un reino en particular. Entiendes perfectamente lo que estoy diciendo, lo sabes muy bien.

—¡No lo aceptaré! –gritó Burami, señalando al rey. Nirig-Naa estuvo a punto de intervenir, pero la mirada del rey le indicó que tenía todo bajo control–. ¡Yo he ofrecido mi vida a los dragones de Xinji! ¡Me debéis esto!

Volren-Naa hablaba muy lentamente, como si la ira de Burami no significara nada para él.

—La nación de Xinji no te debe nada, Burami –dijo–. Te dije una vez que tu vida en el mundo de los humanos había llegado a su fin. Esta es la consecuencia. Los conflictos que puede haber entre los reinos de los hombres, sus banales luchas por el poder o sus irracionales deseos de venganza son algo que deberías haber dejado atrás. Es mejor que lo olvides. En las altas hierbas de esas praderas habita un mal muy antiguo. Algún día ese mal será derrotado, pero no por ti. Tu destino es otro, y se encuentra más allá del mar.

—Veo que después de todo humanos y dragones no son tan diferentes. Tu y Glonius me habéis utilizado y ahora pretendéis hacerme a un lado sólo para mantener una paz ilusoria que sabéis no existe.

—Has sido tú quien vino a nosotros, Burami. No lo olvides. Tu lealtad es el precio a pagar por el entrenamiento que has recibido. Si ahora nos das la espalda, serás tu quien nos habrá utilizado.

Poseído por la rabia, Burami se retiró y se dirigió a toda prisa a la salida de la caverna. Nirig-Naa fue tras él. Antes de salir del recinto dedicó una mirada a Volren-Naa, quien parecía dejar en sus manos la forma de arreglar aquel entuerto. A pesar de su duro semblante, en el rostro del rey asomaba el conocimiento de una gran derrota al ver que su única oportunidad de regresar a su tierra natal le había sido arrebatada por el rencor homicida de una horda de salvajes.

En el camino hacia el exterior, Burami escuchó los susurros de los dragones en la caverna y sintió que las paredes de aquellos túneles se cerraban en torno a él, asfixiándole a pesar de que eran tan grandes que hubiesen podido albergar ejércitos enteros.

Burami se detuvo frente al abismo que marcaba la entrada de Antok. Nirig-Naa, una vez que lo hubo alcanzado, le llevó rápidamente al otro lado, pero su discípulo no dijo nada. Simplemente siguió andando y salió con sus armas fuera de la caverna. En su cuerpo Nirig-Naa podía percibir la tensión de su enfrentamiento con Volren-Naa, y la tormenta que se había desatado en su mente.

Mientras le miraba alejarse, el dragón rojo sintió a sus espaldas la presencia de su rey. Al darse la vuelta, se encontró con los fulminantes ojos de Volren-Naa, que venía acompañado de dos dragones de la casa de Razgal.

—Debes ir tras él –dijo el rey–. Debes convencerle de que vuelva aquí. De lo contrario, todos tus esfuerzos habrán sido inútiles.

Los dos dragones alados acompañaron a Nirig-Naa a la salida de la caverna para ayudarle a buscar a Burami. Una vez fuera, levantaron el vuelo y examinaron desde las alturas cada metro de aquellos frondosos bosques que rodeaban la montaña. Burami ya se había perdido en la espesura, pero Nirig-Naa sabía que podía encontrarle. A toda velocidad se internó en los bosques y buscó con la mirada el rastro de su discípulo mientras sus dos acompañantes le seguían desde los cielos.

Mientras todo esto ocurría, Burami corría con todas sus fuerzas entre los árboles, como si intentase dejar atrás toda la rabia que se había apoderado de él. Aunque una parte cada vez más pequeña de su mente sabía que efectivamente había sido él quien había buscado a los dragones y jurado lealtad a su nación, su corazón no hacía sino repetirle que cada día que pasaba hacía más difícil un ataque sorpresa a la tribu de Nastar. Durante su viaje hasta Antok se había planteado muchas veces aventurarse solo en aquellas planicies, deslizarse como una sombra entre las altas hierbas y conseguir él mismo la justicia que se le debía. Sin embargo, pronto había desistido de tal idea; Burami sabía tan bien como los demás que las tierras de Nastar eran un sitio famoso por los incontables peligros que iban mucho más allá de los salvajes que las habitaban. Pero aún en el caso de que hubiese podido sortear todas estas dificultades y llegado a la terrible ciudad de piedra donde se decía vivían los bárbaros, estando él solo, lo único que conseguiría sería asesinar a sus líderes. Esto no era suficiente. Su orgullo no le pedía nada menos que la destrucción de todos los clanes, para que el nombre de Nastar no fuese más que un terrible recuerdo en la mente de todos aquellos que habían tenido que sufrir su devastación.

Ahora los dragones de Antok le habían abandonado igual que sus compatriotas humanos. Con esto, cualquier posibilidad de victoria se esfumaba. Burami sentía una gran fuerza oprimiendo su pecho haciéndole difícil respirar. De repente se detuvo y se apoyó del tronco de un árbol, pensando por un momento que iba a desmayarse. Lentamente se despojó de sus armas, dejando la espada y el escudo en el suelo y la lanza apoyada del árbol. Al estar hechas de calantio no pesaban casi nada, pero aún así sintió al soltarlas que su cuerpo ya no estaba tan restringido.

De todas formas, el descansar en medio del bosque no hizo que la rabia que sentía dejara de aferrarse a él como una garra. Burami dio un fuerte golpe con el puño en el tronco del árbol, y por un momento creyó que sus nudillos se hundían en la corteza, pero no era más que una ilusión causada por su propio deseo de destruir aquello que se pusiera a su alcance.

En eso, mientras su mente se regodeaba en pensamientos de destrucción, escuchó la voz de su maestro a sus espaldas.

—Burami, estás cometiendo un error. Vuelve conmigo.

Burami se dio la vuelta. Nirig-Naa se había acercado a él sin hacer ruido, como sólo él sabía hacer. Acostumbrado a verlo siempre en los confines limitados de las cavernas, el dragón rojo le parecía aún más grande al aire libre, una montaña de fuego que se alzaba ante él mirándole con sus ojos azules.

—No puedo volver –respondió Burami–, ya has escuchado a Volren-Naa. Los dos reyes a los que he jurado servir me han dado la espalda.

—Sabes muy bien que eso no es cierto. Volren-Naa tiene razón: los dragones de Antok se han mantenido ocultos de la raza de los hombres durante mucho tiempo. Si de repente aparecieran para destruir una nación humana, incluso una tan terrible como la tribu de Nastar, todas temerían ser la siguiente.

—Puedes explicarme eso todo lo que quieras, lo único que sé es que mi pueblo no podrá ser vengado por los escrúpulos de Glonius y Volren-Naa. Nada más.

Mientras hablaban, ambos escucharon el sonido de alas que se acercaban, y de entre las copas de los árboles aparecieron las figuras de los dos dragones que había enviado Volren-Naa. A pesar de que no eran tan grandes como su maestro, la visión de aquellas dos criaturas negras de ojos amarillos y grandes alas habría impresionado a cualquiera. Burami interpretó su llegada como un intento por parte del rey de los dragones de recordarle su poderío y la fuerza que se hallaba detrás de la nación de Xinji. No estaba muy lejos de la verdad.

Uno de ellos se adelantó y quedó al lado de Nirig-Naa, pero sin prestarle atención, como si intentara apartarle. Habló con una voz terrible que sonaba como una tormenta.

—Burami, el rey desea que vuelvas.

—¿Significa eso que reconsiderará mi petición?

—Sabes muy bien que eso no es posible. Pero le debes tu lealtad. Es tu rey, y si te llama, debes acudir.

Burami sonrió. Sin dejar de mirar al dragón, apoyó la espalda del árbol y se quedó de brazos cruzados.

—De manera que Volren-Naa piensa que soy uno más de sus vasallos que debe obedecer toda orden que provenga de él sin cuestionar. Puedes decirle que eso no funcionará conmigo; ya no soy el niño temeroso que acudió a uno de vosotros. Soy un Dragún.

Entonces fue el segundo dragón el que se acercó. Era casi tan grande como el primero, aunque su voz no era tan fuerte. Sin embargo, en su tono, Burami creyó escuchar un dejo de perplejidad ante lo que sin duda consideraba una insolencia por parte del humano que habían acogido en su ciudadela.

—Precisamente porque eres un Dragún tu deber es acudir al rey cuando este te solicita –dijo–. Esta venganza absurda en la que te has embarcado acabará por consumirte si no dejas que Volren-Naa te ayude. Él puede ayudarte a ir más allá de tus limitaciones humanas y dejar atrás todo este horror.

El cuerpo de Burami pareció tensarse una vez más. Una de sus manos se aferró al árbol como si aquel tronco le proporcionase la única estabilidad posible.

—Queréis decir que el rey puede ayudarme a perder el resto de mi humanidad, de forma que ya no me importe el destino que ha sufrido mi pueblo con tal de servir a un bien común. Dile que lo siento: ya he visto lo que esa pérdida de humanidad puede hacer. Lo he visto en los ojos de mi hermano, que prefiere quedarse plantado detrás de una muralla sabiendo que aquellos que mataron a nuestros padres siguen con vida. Si esa es la solución, entonces prefiero permitir que este odio me consuma y dejar que tanto Silam como Antok se hundan para siempre.

Nirig-Naa y los dos dragones negros se quedaron en silencio, como si estuviesen meditando sobre las palabras de Burami o decidiendo qué otra estrategia adoptar. Finalmente, fue el primero de los dos guardianes alados quien habló.

—No sabes lo que estás diciendo. Ven con nosotros. Olvida todo esto.

—¡No! –gritó Burami– ¡Dejadme en paz!

El grito del joven Dragún les tomó por sorpresa, pero Nirig-Naa fue el único que consiguió vislumbrar ese fuego interior que salía de los ojos de Burami y que llevaba la discusión a un terreno muy peligroso.

—Hermanos, creo que es mejor que le dejemos en paz. No...

—No interfieras, Nirig-Naa –dijo el segundo de los dragones alados–. Esto tiene que acabar ahora. Burami, debes entender lo que significa realmente el poder que se te ha otorgado. Es algo que va mucho más allá de las capacidades de un humano que no nació en Xinji y que, por lo tanto, no conoce la magnitud de lo que significa ser un Dragún. Los dragones de Antok pueden enseñarte eso, pero para ello debes venir con nosotros y olvidar esta idea de venganza. No hay otra salida.

—No pienso volver –respondió Burami–. Puedes decirle eso al rey. Si no va a considerar mi petición, no tenemos nada de qué hablar.

Nirig-Naa detectó la ira que comenzaba a formarse en la mirada de los dos dragones negros. Claramente estaban llevando aquella confrontación más allá de toda lógica; en la práctica de nada les serviría obligar a Burami a volver. Aquello sólo podía ser producto de la desconfianza natural que su joven discípulo había despertado en gran parte de los dragones de la ciudadela, una desconfianza que ahora rendía sus frutos.

—Si no vienes con nosotros por tu propia voluntad, Burami –dijo el primero de los guardianes–, entonces te llevaremos de todas formas.

—Así es –dijo el otro–. Veamos qué piensas tras pasar un tiempo en alguna de las fosas de la ciudadela.

Burami señaló con el dedo a los dos guardianes. Su rostro estaba tan tenso por la rabia que Nirig-Naa podía ver una gruesa vena que surcaba su frente.

—Si cualquiera de vosotros se atreve a acercarse a mí, os arrepentiréis.

—Basta ya de todo esto –dijo Nirig-Naa, interponiéndose entre los dragones y Burami–. De nada sirve que...

En eso uno de los dos dragones negros lanzó un fuerte golpe con el hombro a Nirig-Naa, imprimiendo en él todo su peso. El impacto tomó por sorpresa al dragón rojo, que retrocedió y cayó de bruces al suelo. Mientras tanto la confrontación entre su discípulo y las dos criaturas aladas continuó escalando hasta que uno de ellos dio un paso al frente y se dispuso a tomar al joven Dragún entre sus garras.

Entonces se desató la tragedia.

Nirig-Naa nunca supo en qué momento fue que ocurrió. Aunque habría de pensarlo durante mucho tiempo, nunca pudo determinar exactamente cuál fue el instante en que la cuerda que tensaba la frágil mente de Burami se rompió, cuál fue el gesto, la palabra, el pensamiento que disparó aquella chispa que habría de dar inicio al mayor incendio que él hubiera contemplado hasta entonces en su vida. Sí supo que él fue el primero en verlo, antes incluso que los dos guardianes alados que Volren-Naa había enviado tras él. Ese conocimiento no le sirvió de mucho, porque se trató apenas de un instante, una fracción de tiempo tan pequeña que en la práctica era igual que nada. Sin embargo, él sí que pudo anticipar ese instante en el que el brazo de Burami tomó la lanza que yacía apoyada en el tronco del árbol y con un solo movimiento la arrojó hacia el dragón negro, un único desplazamiento certero, veloz y perfectamente sincronizado. Los ojos de Nirig-Naa se abrieron más que nunca en ese minúsculo instante en el que el proyectil de calantio voló por los aires y se clavó en el corazón del dragón alado, penetrando con facilidad su piel negra y hundiéndose en su carne hasta la mitad de la lanza, donde se detuvo de golpe. Nirig-Naa supo en ese momento, de alguna forma, que las dos puntas afiladas de la lanza habían traspasado de lado a lado el corazón de aquella criatura que pareció quedar suspendida en el aire con un gesto de terrible sorpresa en el rostro. Nirig-Naa vio la vida apagarse en un instante en los ojos de aquel oscuro dragón, desvanecerse como la llama de una vela en un huracán mientras su cuerpo se desplomaba sobre la hierba.

El resto sucedió tan rápido que no fue capaz de asimilarlo.

Sorprendido al ver caer a su compañero, el segundo dragón negro dio un salto hacia Burami extendiendo garras y dientes, quizás de forma instintiva, porque Nirig-Naa no podía creer que algo como lo que acababa de ocurrir hubiese estado siquiera considerado como una posibilidad cuando se acercaran a él. El joven Dragún, con los sentidos completamente alerta, rodó por el suelo evitando el golpe de su atacante a la vez que su mano cogía la espada que poco antes había dejado. El dragón alado se estrelló contra el árbol, lo derribó con la fuerza del golpe y dejó sus raíces expuestas al aire, mientras Burami se ponía de rodillas en el suelo. Nirig-Naa intentó intervenir en ese momento, pero el ángulo desde el que presenciaba todo le era desfavorable; cuando finalmente reaccionó, el dragón negro ya había vuelto a atacar, cortándole el paso. La bestia alada rugió mostrando los dientes y se lanzó otra vez sobre Burami mientras este se echaba nuevamente a tierra, esquivando por muy poco el cuerpo del dragón, entretanto su espada describía un gran arco sobre su cabeza.

Una larga y profunda herida apareció entonces en el vientre del dragón negro, que rugió de dolor mientras Burami se ponía una vez más de pie a toda velocidad. Nirig-Naa tuvo tiempo de ver al dragón negro darse la vuelta enloquecido por la rabia y el dolor, justo antes de lanzarse sobre él con una fuerza que hubiese hecho pedazos al joven de haberlo siquiera tocado.

Pero el entrenamiento de Burami no había sido en vano; ahora en posesión de su arma y con pleno dominio del espacio, saltó en el momento adecuado fuera del alcance de su oponente, y de un único movimiento se lanzó sobre su lomo. Una vez allí, tomó impulso con los pies en el cuerpo del dragón y dejó caer la hoja de su espada doble con todas sus fuerzas sobre su cuello. La cabeza de la bestia se separó del cuerpo en un único y limpio corte que lanzó un torrente de sangre en todas direcciones, ahogando para siempre el rugido de la criatura. Nirig-Naa quedó paralizado por el horror al ver caer el cuerpo sin vida de aquel guerrero de Antok, mientras su sangre formaba un charco a su alrededor.

En medio de aquella masacre, la figura de Burami se hallaba erguida como un dios de la muerte, con la mirada perdida en un punto lejano mientras la mano en la que llevaba la espada temblaba ligeramente. El cuerpo del joven Dragún estaba cubierto con la sangre de su rival, y su mente estaba tan retraída tras la breve batalla que no pareció darse cuenta de la presencia de su maestro hasta que escuchó el sonido de sus pasos.

Nirig-Naa estuvo a punto de decir algo, pero quedó paralizado al toparse con los ojos grises de Burami, que le dieron la absoluta certeza de que los restos de cordura que ataban a su discípulo al mundo se habían hecho pedazos. Burami tampoco dijo nada; simplemente tomó la lanza del cuerpo de uno de los dragones caídos y, tras coger rápidamente su escudo y colgárselo del hombro, salió corriendo en medio de la espesura del bosque. Antes de perderse entre los árboles, dedicó una última mirada a su maestro. Sus ojos mostraban el pánico y el horror ante lo que acababa de hacer, pero también parecían lanzar un desafío a los ojos de Nirig-Naa, uno que transmitía el inequívoco mensaje de que lo mejor sería no seguirle.

Nirig-Naa captó ese mensaje a la perfección. Con el corazón a punto de salirle del pecho, observó a Burami perderse en la espesura de la selva, mientras, los dos cadáveres que yacían ahora a sus pies le embarcaban en la más difícil misión de su vida.

La noticia de la traición de Burami envió una oleada de indignación a través de los túneles de Antok. Con todo, aquel fue sólo el principio del horror. Impactado por la noticia, Volren-Naa envió a dos de sus mejores guerreros dragones a encontrar al joven. Ninguno de los dos volvió a la ciudadela. Pocos días más tarde, un segundo par de exploradores dio con sus cadáveres, pero estos también cayeron en una trampa. Sólo uno regresó con vida para relatar la muerte de su compañero y de cómo aquel humano que habían entrenado en Antok había conseguido derrotarles.

Visiblemente preocupado, el rey ordenó cesar los intentos por encontrar a Burami. En vez de eso, acudió a Nirig-Naa, quien era el que mejor lo conocía y el único que podía ayudarle en ese momento. Aquello no resultaba sencillo; desde que había presenciado la traición de su discípulo, el dragón rojo se había recluido a sí mismo en uno de los más profundos túneles de Antok, alejado de todos sus hermanos, consumido por el dolor y la vergüenza. La mirada en los ojos de su rey no hizo sino añadir un peso más a su ya malogrado corazón.

—Cinco de nuestros hermanos han muerto ya –dijo Volren-Naa–, y Burami todavía está libre. Quiero que sepas que he ordenado detener la búsqueda. Es un riesgo aventurarnos de esta forma en el mundo exterior.

—Él sabe muy bien cómo esconderse –dijo Nirig-Naa desde las sombras–. Lo aprendió de nosotros.

—Es cierto. Nosotros le enseñamos todo lo que sabe. Tú le enseñaste más que ninguno. Es por eso que he venido aquí, Nirig-Naa.

—No soy digno ni siquiera de permanecer dentro de estos muros –dijo el dragón rojo–. Todo esto es culpa mía. He sido un tonto. Creí en verdad que yo solo podía poner fin a siglos de desconfianza entre humanos y dragones. Creí que yo era suficientemente poderoso para tomar un niño humano y convertirlo en un Dragún. Ahora todos estamos pagando el precio de mi arrogancia.

—Tu orgullo te cegó la realidad, Nirig-Naa. Pero no debes culparte; no había forma de que supieras que Burami se rebelaría contra nosotros. Quizás el error estuvo en él al pensar que los poderes que le habían servido para defender a su pueblo de un invasor habrían de ser suyos para una venganza suicida y sin sentido. Pero te confieso que también yo me dejé llevar por la promesa de la victoria. También yo creí en Burami, y por eso sé que tú no eres culpable.

Nirig-Naa miró fijamente a su rey. El viejo dragón blanco estaba visiblemente agotado, y estaba claro que aquella calamidad por la que pasaban había drenado gran parte de su fuerza vital. En sus ojos se podía ver la convicción de que al acercarse a Nirig-Naa, creía estar haciendo lo correcto, y el joven dragón supo exactamente qué era lo que esperaba de él.

—He intentado usar todos mis poderes para localizar a Burami –dijo Nirig-Naa–, pero no ha sido posible. He proyectado mi visión incluso más allá de los límites que desde siempre hemos considerado seguros, pero no he podido dar con él. Sé, sin embargo, que no ha regresado con los suyos. Debe pensar que no tiene lugar en el mundo. Esté donde esté, está solo y desesperado, y eso lo hace más peligroso.

—Lo sé –respondió el dragón blanco–. Por eso he venido, para solicitar tu ayuda. Sé que si juntamos nuestros poderes, podremos dar con Burami. Pero hay algo que debes entender, Nirig-Naa: una vez que hayamos encontrado a tu discípulo, deberás ir hasta él y poner fin a esta locura.

Nirig-Naa pareció retroceder en medio de las sombras del túnel, como si intentase que no sólo su cuerpo, sino también su espíritu desaparecieran en la penumbra de la caverna.

—No sé si pueda hacerlo –dijo–. Es mi discípulo, he sido yo quien le ha creado. Entre él y yo existe un vínculo inquebrantable que se mantiene a pesar de las atrocidades que ha cometido. Sé que debe morir por lo que ha hecho a nuestra nación, pero no puedo ser yo quien le dé muerte. Quizás también deberías ejecutarme a mí, mi señor.

Volren-Naa se acercó al dragón rojo. Al hacerlo, su cuerpo blanco pareció despedir una luz que barrió la oscuridad que envolvía a Nirig-Naa, como si intentara traerlo de nuevo al mundo real. Los grandes ojos del rey se posaron en los de su aventajado alumno, y este sintió que su voz llegaba hasta lo más profundo de su cerebro.

—He perdido ya a demasiados de mis mejores guerreros –dijo Volren-Naa–. No pienso perder a aquel que algún día habrá de sustituirme. Sí, tal como lo oyes, algún día tú serás rey de Antok, y debes aprender desde ahora qué es lo que eso significa. Los demás dragones de la ciudadela te admiran y te seguirán hasta el final porque saben que soy yo quien te ha elegido. Pero conoces muy bien que ningún dragón puede liderar nuestra nación sin hacer un gran sacrificio por sus hermanos. Este es el tuyo; aunque no hayas podido prever todas las consecuencias de tus actos, es justo que seas tú quien ponga fin a esta desgracia. Debes ser tú quien destruya a Burami. Sólo así cerrarás este círculo infernal que se ha abierto sobre nosotros.

Nirig-Naa asintió. No estaba seguro de entender del todo las palabras de Volren-Naa, pero una cosa sí era segura: con su ayuda y juntando los poderes de ambos, sería posible que hallaran a Burami. Por eso los dos cerraron los ojos y concentraron sus mentes en la imagen del joven Dragún, sintieron cómo ambas voluntades se unían en una sola y poco a poco se convertían en una única visión que abandonaba la fría carne de sus cuerpos y escapaba por los túneles de aquella ciudadela hasta el exterior, volando por los aires. Al principio fue de forma caótica, doblegados ante la fuerza de aquella consciencia que mostraba la realidad con un grado de detalle que ninguno de los dos habría podido jamás imaginar. Desde las alturas observaban los frondosos bosques que rodeaban la montaña, el caudaloso río Portos que marcaba la frontera con los reinos humanos, la silueta de las cordilleras lejanas y el horizonte roto por el contorno de las ciudades donde los hombres continuaban sus pequeñas vidas, ignorantes de la guerra que consumía la nación de los hijos de Xinji.

Y allí, en medio de aquellos parajes, en la oscuridad de los bosques llenos de peligros, el dragón blanco y el dragón rojo lanzaron sus mentes unidas entre los árboles, examinando cada recoveco de la selva, pasando a toda velocidad por el paisaje donde se escondía aquel que había decretado la muerte no sólo de su nación, sino de todas sus esperanzas. Aquella visión se desplazaba a una rapidez vertiginosa, y ambos dragones devoraban con la vista todo aquello que se les ponía por delante, pero había algo más en la fuerza unificada de las dos mentes, un sentido adicional, una intuición inexplicable que dirigía su mirada a través de un camino sinuoso sin ningún tipo de explicación lógica, teniendo como guía únicamente la certeza ineludible de que al final de aquel sendero imaginario se hallaba lo que buscaban.

Fue entonces cuando su poder combinado les llevó a un claro escondido en medio del bosque, un sitio en el que Nirig-Naa no recordaba haber estado jamás, pero que despedía el inconfundible hedor de un lugar maldito, abandonado por los hombres y los dioses en una era lejana, un sitio cuyo recuerdo se había desvanecido en medio de un mar de rumores y leyendas.

En aquel claro de hierbas rodeado de árboles retorcidos se hallaba un círculo de grandes piedras que rodeaba lo que en otra época había sido un altar. Este último estaba hecho de una única roca de color rojo que brillaba bajo la luz del sol. El lento pasar de cientos, quizás miles de años, había convertido aquel lugar en una ruina, pero la magia que alguna vez había poseído seguía allí, como una bestia sumida en un profundo sueño. A pesar de que no podía ver con claridad la figura de Burami en aquel sitio, tanto Nirig-Naa como Volren-Naa sabían perfectamente que era allí donde le encontrarían; la huella del joven Dragún estaba presente en ese lugar, tan clara que no dejaba lugar a ninguna duda.

Lentamente la conexión entre los dos dragones se desvaneció, y tanto Nirig-Naa como su rey volvieron a la penumbra de la caverna con una nueva resolución en sus ojos.

Mientras todo esto ocurría, lejos de Antok, sumido en lo más profundo de la selva, el hombre que alguna vez había sido Burami descansaba recostado del tronco de un árbol, intentando rendir su cuerpo a la voluntad del cansancio que sentían sus miembros. Pero aunque sus músculos conseguían reposo, su mente no cesaba de repetir una y otra vez la pesadilla de sangre en la que se hallaba sumido. A la muerte de los suyos se superponía la de los dragones que habían perecido bajo su espada, pero incluso aquella salida que había dado a su ira no eliminaba el deseo de ver correr la sangre de los bárbaros de Nastar hasta inundar sus verdes praderas. Su cerebro no se resignaba a renunciar a esta idea, sin importar las palabras de Volren-Naa o de su maestro.

No sabía cuánto tiempo había vagado por aquellos bosques; los días se confundían unos con otros, y por momentos le parecía que había arrastrado sus armas de calantio por aquella selva durante siglos. Cuando encontró aquel claro y vio las grandes estructuras de piedra, pensó que se había topado con algún poblado humano que le fuera desconocido, pero pronto vio el estado de ruina de aquel círculo y se dio cuenta de que nadie había habitado aquel punto en el bosque durante mucho tiempo. Sólo con acercarse Burami pudo percibir una energía hostil que emanaba de aquella gran piedra rojiza que brillaba con el sol, una sensación que se extendía por su piel como si hubiese sido de repente tocado por algo viscoso que se agazapara en aquel círculo de roca, pero que no podía ver con sus ojos.

Pero ni siquiera eso pudo disuadirlo de abandonar ese lugar. Estaba cansado de correr. Sabía que tarde o temprano debería enfrentarse nuevamente a los dragones de Antok, que nunca cesarían en su intento de darle caza. No quería huir de ellos; al contrario, Burami esperaba ansioso el momento de enfrentarles de nuevo y demostrarles que no podían tentarle con un poder tan grande como el que poseía para luego negárselo a la hora de impartir justicia. Por eso esperaría allí, pacientemente, en un lugar en el que podría verles llegar con suficiente antelación para estar preparado.

Mientras esperaba, la presencia que habitaba aquel lugar que había escogido como campo de batalla continuaba ejerciendo su terrible influencia en él. Por momentos sentía que algo le llamaba desde el círculo de piedras, una voz dentro de su cabeza que parecía hablar desde una gran distancia con una insistencia semejante a un gran anhelo que se había repetido durante siglos. En varias ocasiones Burami dirigió su mirada a la gran roca roja que marcaba el centro de aquella formación, pero el tenerla delante de sus ojos no hizo aquella voz más real; seguía siendo una llamada tenue, débil y lejana, pero con una desesperación que sólo podía provenir de una gran soledad.

El misterio de aquella voz no tenía nada que ver con su propósito actual, así que hizo lo posible por ignorarla. Esa noche, sin embargo, su cabeza se vio atormentada por terribles sueños que nunca antes había tenido.

Finalmente, después de aquella angustiosa espera, llegó el momento que estaba esperando. El oído de Burami, agudizado gracias a su entrenamiento, percibió el batir de unas poderosas alas en la lejanía. Con la rapidez de un felino subió por el tronco de uno de los árboles y asomó su mirada entre el follaje en dirección al lugar de donde provenía el alado intruso. Lo que vio superó todas sus expectativas y aceleró su corazón como nunca había creído posible: una inmensa criatura de alas blancas que resplandecían bajo el sol de la mañana se acercaba poco a poco a él. Incluso a la distancia a la que se hallaba resultaba inconfundible: el largo cuello, el voluminoso cuerpo y las grandes garras, así como aquellas enormes alas que alternaban plumas y escamas blancas como la nieve sólo podían pertenecer a un ser. Burami confirmaba con sus propios ojos aquello que nunca se atrevió a esperar: Volren-Naa, rey de los dragones de Antok, volaba hasta él dispuesto a enfrentarse en una lucha a muerte de la que sólo uno de ellos saldría.

Pero la mayor sorpresa de todas yacía en el hecho de que el gran dragón blanco venía solo; ninguno de sus guerreros de Antok le acompañaba en el vuelo, ninguno de los veloces dragones de la casa de Razgal estaba allí para protegerle. Burami sabía que aquellas bestias nunca volaban en grandes números para evitar llamar la atención de los humanos, pero que el rey viajase solo era algo completamente absurdo e innecesariamente arriesgado, más cuando todos sus encuentros hasta entonces habían sido con dos dragones.

Para cuando se dio cuenta de que había caído en una trampa fue demasiado tarde.

El golpe que sacudió el tronco del árbol fue similar al del brazo de un gigante; el gran roble al que Burami se había subido recibió un impacto que le hizo crujir hasta su mismo corazón, y el joven Dragún sintió en sus huesos cómo el tronco que le sostenía se partía en dos haciendo que el árbol se precipitara abajo en medio de una tormenta de hojas, ramas y astillas de madera.

Burami cayó con fuerza sobre la tierra, con su escudo y su lanza lejos de él. Por suerte, todavía llevaba al hombro su espada de calantio. Rápidamente se puso de pie ignorando el dolor que comenzaba a subir por su espalda. Su vista buscó a su oponente, pero en el lugar donde había caído no había nadie. Junto a él yacía el árbol con su tronco hecho pedazos, y una gran huella en la tierra donde la criatura que lo había derribado había lanzado su enorme cuerpo, pero el joven guerrero se hallaba solo. En medio de la selva, el movimiento de las hojas delataba el lugar por el que había desaparecido su contrincante.

—¿Dónde estás? –preguntó, sosteniendo la espada frente a él–. Muéstrate. Enfréntame si a eso has venido.

Al principio no obtuvo ninguna respuesta. Sólo escuchaba el ruido de las hojas moviéndose y el sonido de grandes pisadas sobre la tierra, pero estos parecían venir de varios lugares a la vez. Aquello era evidentemente un truco; sabía que los dragones de Antok no se arriesgarían a salir en grandes grupos, ni siquiera para darle caza.

Con todos los sentidos alerta, Burami midió mentalmente la distancia entre él y su lanza, que yacía en el suelo. En ese momento fue cuando escuchó aquella voz fuerte que retumbaba a su alrededor, con un eco distante que rebotaba de los troncos de los árboles y ocultaba el lugar de donde provenía.

—Burami, ¿realmente crees que puede dañarme el arma que yo mismo he forjado?

El joven reconoció aquella voz, y por primera vez se dio cuenta de que había estado esperando ese momento desde el principio. Sus oídos intentaban determinar de dónde provenían aquellas palabras, mientras su cuerpo se inclinaba ligeramente en dirección a la lanza.

—¿Hablas de mis armas –preguntó Burami– o de mí, maestro? Porque has sido tú quien me ha forjado, después de todo.

—Cuando lo hice, fue para que defendieras tu tierra –respondió la voz–, no para que derramaras la sangre de los hijos de Xinji, aquellos que te han dado tu poder. Esta locura debe acabar, Burami.

—Si quieres que acabe, ¿por qué no te muestras?

Tras lanzar su desafío, Burami escuchó su respuesta en la forma de un potente rugido a sus espaldas. Instintivamente se arrojó al suelo rodando en dirección a la lanza de calantio mientras escuchaba el sonido de las hojas detrás de él dar paso a la gigantesca figura roja de Nirig-Naa que se abalanzaba sobre él como una fiera.

En un extraodinario movimiento continuo, el joven guerrero tomó la lanza de calantio y se dio la vuelta para encarar a su maestro, puso la lanza sobre su hombro y la arrojó con todas sus fuerzas contra él al tiempo que se apartaba. El proyectil voló por los aires y se clavó en el pecho del dragón rojo, que se desvaneció en una nube de humo escarlata a medida que el rugido de su garganta se disipaba. Detrás de él, la lanza de Burami impactó en el tronco de un árbol y se clavó hasta la mitad, vibrando por unos instantes.

—Veo que después de todo no hubieses dudado en atacarme –dijo la voz–. Me siento muy decepcionado, Burami.

—No deberías –respondió–. Sabía desde el principio que no eras realmente tú.

Era cierto; lo había sabido desde el momento en que vio que el enorme cuerpo del falso Nirig-Naa no había destrozado la tupida vegetación del sitio desde donde había dado el salto.

En cambio los árboles sí parecieron doblarse bajo el peso del enorme cuerpo del dragón rojo cuando este surgió de entre la maleza al otro lado del claro, lejos de donde se hallaba Burami. Al ver de nuevo a su maestro, esta vez en cuerpo presente, Burami retrocedió buscando una mejor posición, dando la espalda a los árboles y calculando la ruta de una posible huida.

Nirig-Naa parecía haber leído el pensamiento de su discípulo cuando dijo:

—¿Adónde vas a huir? Sabes perfectamente que no puedes ocultarte de mí. Yo soy tu maestro, tu *kanra*. El vínculo que hay entre nosotros te ata por siempre a los dragones de Antok. Vayas donde vayas, te aseguro que no puedes escapar.

El escuchar la palabra en *barsikal,* que definía a su maestro, hizo hervir la sangre de Burami.

—¿Quién te ha dicho que intento escapar? –preguntó–. Al contrario, quiero que sepas que es mi intención acabar con cada uno de vosotros, no me importa cuántos envíe el rey Volren-Naa para destruirme. Si cree que enviándote a ti conseguirá que desista de mis intenciones y vuelva a doblegar la cabeza ante los tuyos, está muy equivocado.

Nirig-Naa avanzó unos pasos más, adentrándose en el claro del bosque. Su cuerpo rojo brillaba bajo el sol con una fuerza mayor que la misteriosa roca escarlata que yacía en medio del círculo de piedras. Burami no le quitó la vista de encima, pero no veía en su maestro ninguna voluntad de atacarle.

—Lo sé –dijo Nirig-Naa–. Cuando segaste la vida de uno de los nuestros, las puertas de Antok se cerraron para ti. Nada de lo que hagas hará que vuelvas, a pesar de que entre la ciudadela y tú hay también un vínculo que aún permanece. Quiero que sepas que Volren-Naa está dispuesto a que mueras, y nada le hará cambiar de opinión.

—No le tengo miedo, ni a ti, ni a ninguno de vosotros. Podéis enviar a todas vuestras fuerzas y seguirán cayendo ante mí, gracias a los poderes que tú me has dado.

Nirig-Naa continuó acercándose, dando un rodeo para evitar el círculo de piedras. Su actitud, sin embargo, parecía ser conciliadora, como si no deseara que Burami pensase que intentaba atacarle. El joven percibió en la voz de aquel dragón el mismo tono suave con el que le habló por primera vez cuando apenas era un niño.

—Puedes acabar con esta locura, Burami –dijo–. He venido aquí a decirte que hay una forma de escapar de todo esto: regresa con los tuyos. Deja tus armas de calantio y regresa al mundo de los humanos, donde los dragones de Antok nunca te buscarán. Renuncia a esta violencia ciega y ve al lugar donde perteneces.

—Los míos ya no existen. Todos han muerto.

—No todos. Está tu hermano Aliru, y su hijo. Ellos te necesitan. El reino de Silam te necesita. Ellos pueden llenar ese abismo que se ha formado en tu corazón. Antok habrá perdido a su Dragún para siempre, pero al menos vivirás.

Burami se hizo a un lado, intentando mantener la distancia entre él y Nirig-Naa. Con un ojo observaba a su maestro, y con el otro, a la lanza que permanecía clavada en el tronco de un árbol. Esta vez estaba demasiado lejos para alcanzarla de un salto, pero su mano sostenía firmemente la espada, y todos sus sentidos estaban alerta.

—El reino de Silam no existe para mí, maestro –dijo–. Si algo he aprendido es que allí no tengo lugar. Tal como vosotros me habéis advertido, mi vida humana acabó cuando juré lealtad a los guerreros de Antok. Ahora mi sangre es la de un dragón, como vosotros. Nunca más podré volver con aquellos que fueron los míos y que me han abandonado. Ahora he descubierto que también vosotros me habéis dado la espada y me habéis dejado perdido entre ambos mundos. No soy ya un hombre, y también vosotros me habéis despreciado al negarme mi venganza.

—Antok no te ha despreciado –respondió Nirig-Naa–. Al contrario, ha intentado salvarte. Es lo que habríamos hecho por uno de los nuestros.

—Ya no deseo serlo. Y tal como has dicho, mi vínculo con la ciudadela permanece. Pero si acabo con Volren-Naa y sus dragones, entonces ese vínculo dejará de existir. Eso es lo que ocurrirá al final, maestro. Eso es lo único que deseo.

Nirig-Naa continuaba acercándose poco a poco, escuchando las palabras de Burami a medida que veía cómo la tensión en su cuerpo iba aumentando. El filo de la espada del Dragón le indicaba el riesgo de acercarse aún más, pero el dragón rojo veía en sus palabras la única oportunidad real que tenía de tocar el alma de su discípulo.

—Detén esto, Burami –dijo–. Si no lo haces, morirás. Tarde o temprano, los dragones de Antok acabarán contigo.

—Nunca.

Tras decir esta palabra, Burami levantó su espada y la mantuvo al nivel de sus ojos, mirando fijamente a Nirig-Naa y dejándole claro que no toleraría que se acercara ni un solo paso más en su dirección. La mirada del dragón rojo pareció desviarse por unos momentos, y por una fracción de segundo Burami pensó que lo hacía debido a la sensación de derrota de su corazón al ver que sus esfuerzos por convencerle eran inútiles. Pero en seguida su mente se deshizo de tal idea; su maestro nunca hubiera bajado su guardia de ese modo.

Esa fue la forma en que Burami supo la magnitud de la trampa en la cual había caído y dio un paso hacia delante para comenzar el ataque, mas su movimiento llegó demasiado tarde para evitar la sorpresa.

De repente, con la fuerza de un huracán, un pesado cuerpo cayó sobre los árboles justo detrás de Burami, lanzándole con gran fuerza por los aires y haciendo temblar la tierra a su alrededor como si se hubiera desencadenado un terremoto. Si Burami no hubiera reconocido la señal de Nirig-Naa, muy probablemente no habría dado el paso que le había salvado de una muerte segura. Una vez en tierra se levantó a toda velocidad, y aún en medio de su aturdimiento, observó que en el punto donde había estado antes, en medio de una nube de tierra y hojas que volaban por los aires, se abrían dos enormes alas blancas y se alzaba una gran cabeza de dragón que le miraba desde lo alto.

Después de todo, sus sentidos no le habían engañado; Volren-Naa en persona había venido a plantarle cara.

Tomando la espada con las dos manos, Burami corrió hacia el círculo de piedras buscando la protección de la roca contra la fuerza de los dos dragones. Volren-Naa intentó cortarle el paso, lanzando una de sus poderosas garras contra él, aunque sólo consiguió rasgar el aire. El rey de los dragones estiró su cuello alrededor de aquella formación rocosa buscando atrapar al guerrero humano entre sus mandíbulas; no obstante, ya Burami se había puesto fuera de su alcance corriendo hacia el antiguo y olvidado altar, y ahora tomaba impulso para caer sobre el dragón. Utilizando todas las fuerzas de las que disponía, saltó y levantó la espada para clavarla justo entre las alas del rey, pero en ese momento sintió una fuerza enorme empujarlo con violencia y hacerle volar por los aires en dirección al bosque. Burami cayó a una gran distancia, sintiendo el golpe en su hombro y negándose a soltar la espada. Al levantarse vio que uno de sus brazos parecía envuelto en llamas de color violeta, mientras que lejos, al otro lado del círculo de piedra, Nirig-Naa permanecía con una de sus garras levantadas. Era la primera vez que veía a su maestro usar tales poderes contra otra criatura viviente.

Rápidamente Burami apagó el fuego de su brazo, comprobando que no se había hecho ningún daño más allá del impacto de aquel golpe lanzado por Nirig-Naa. Al ver a los dos dragones juntos, intuyó de alguna forma que el portento mágico que había visto era producto de la unión de los poderes de aquellas dos criaturas, y supo que eran los dos contrincantes más temibles que jamás había enfrentado. En cierta forma, aquello le contentaba; significaría que todo terminaría allí, de una forma u otra.

Manteniéndose erguido con sus grandes alas abiertas, Volren-Naa se veía tan enorme que parecía tapar el sol. Burami se preparó para un nuevo ataque mientras observaba de reojo a Nirig-Naa acercándose por uno de sus costados. Antes de que su maestro pudiese atacar, el joven se lanzó hacia el lugar donde yacía su escudo de calantio. Lo hizo justo a tiempo porque en ese instante el gran dragón blanco abrió su boca y le arrojó una bola de fuego a toda velocidad. Este sostuvo su escudo en alto y recibió el impacto de aquel proyectil. La fuerza del ataque fue tan grande que casi derribó a Burami sobre su espalda, pero la fortaleza de sus piernas le mantuvo de pie mientras la bola de fuego se desvanecía en el metal que protegía su cuerpo.

Nirig-Naa se lanzó de nuevo hacia Burami, extendiendo sus grandes garras negras hacia él. El guerrero, sin embargo, estaba preparado para su embestida; apenas vio a su maestro acercarse, corrió nuevamente dentro del círculo de piedras, poniéndose al resguardo y girando sobre sí mismo para evitar las garras del dragón rojo. Enfurecido momentáneamente por la rapidez de su discípulo,

Nirig-Naa intentó perseguirle dentro de aquella formación rocosa, mas su voluminoso cuerpo hizo que pasara con gran dificultad. Burami aprovechó ese momento para lanzar un fuerte golpe con su espada, describiendo un gran arco destinado a cortar el cuello de su maestro de lado a lado. Fue una suerte para Nirig-Naa que consiguiera verle a tiempo y apartarse en el último instante; aún así, la hoja de calantio que había forjado rozó uno de los lados de su cabeza y abrió una larga herida de la que saltó un chorro de sangre.

Nirig-Naa aulló de dolor a la vez que retrocedía fuera del alcance de la espada de Burami. Este no había podido imprimir toda su fuerza en aquel golpe, por lo que la herida había sido superficial, mas fue suficiente para romper su guardia. Burami aprovechó aquel instante de vulnerabilidad y salió a su encuentro, blandiendo la espada una vez más hacia él. Nirig-Naa consiguió desviar el golpe, pero la hoja de calantio le dejó otra herida en una de sus garras. La sangre del dragón manchó la hierba dentro de aquel círculo, y en medio del caos de la batalla, Nirig-Naa sintió que un hambre milenaria se había agitado en aquel lugar maldito.

Burami se dispuso a atacar nuevamente, pero por un segundo olvidó la presencia del dragón blanco que había caído del cielo; recuperado tras su despliegue de poder, Volren-Naa barrió con su cola el cuerpo del joven guerrero, que salió disparado por los aires justo cuando estaba a punto de blandir su espada una vez más. Burami golpeó de lleno contra el tronco de un árbol, y su estrepitosa caída sobre la hierba le dejó desorientado por unos instantes. Un fuerte sabor a sangre le llenó la boca, pero aún así se levantó. La espada había caído lejos de él, no obstante, su mano izquierda todavía aferraba con fuerza el escudo de calantio.

Plantado frente a él, Volren-Naa clavaba sus ojos en Burami al tiempo que su boca mostraba las hileras de afilados dientes capaces de triturarle. La garganta del dragón blanco parecía un horno encendido dispuesto a lanzar una nueva llamarada en cualquier momento, pero esta vez Burami estaba preparado; a pesar de que el golpe había, con toda seguridad, causado heridas dentro del cuerpo del guerrero, también le había dejado cerca del sitio donde reposaba su lanza, aún clavada en el tronco a apenas un par de pasos de su mano. Detrás del rey de los dragones, Nirig-Naa consiguió ver aquel momento de la batalla y lanzó un grito de advertencia, aunque llegó demasiado tarde.

Volren-Naa tomó todo el aire de sus pulmones y lanzó una gran bocanada de fuego contra Burami, que se apartó antes de que la columna incandescente redujera a cenizas los árboles que estaban detrás de él. Mientras se apartaba, su mano arrojó el escudo de calantio hacia el dragón blanco. El brillante disco forjado por Nirig-Naa impactó directamente en medio de los ojos del rey de los dragones, que retrocedió un par de pasos rugiendo y sacudiendo de un lado a otro su enorme cabeza. Mientras tanto, Burami se arrojaba sobre la lanza y la arrancaba del tronco con las dos manos, haciendo uso de todas sus fuerzas. Sus músculos se tensaron casi hasta reventar, y el sabor de la sangre volvió a su boca producto de la herida interna que seguro en aquel momento estaba destrozándole, pero no le importó. Finalmente las puntas gemelas del proyectil de calantio quedaron libres; y en un solo movimiento, Burami colocó la lanza sobre su hombro y la arrojó con fuerza hacia el dragón blanco que había cometido el error de bajar su guardia.

Aquel instante se quedaría grabado en la mente de Nirig-Naa para siempre. La lanza que él mismo había forjado, el arma que había entregado a su discípulo, voló por los aires en una fracción de segundo, y sin embargo, creyó ver con todo detalle cómo se hundía en la carne de Volren-Naa y traspasaba su corazón. El rugido de dolor del rey de los dragones hizo retumbar el suelo de aquel claro, y Nirig-Naa vio el cuerpo del dragón blanco tensarse para luego dar dos tambaleantes pasos y caer sobre la hierba. El sonido de aquella magnífica criatura derrumbándose mientras la sangre manaba de su herida le hizo sentir que una parte de su propia alma se había roto en mil pedazos.

Entonces fue cuando la ira se apoderó del dragón rojo. Poseído por una furia que nunca antes había conocido, Nirig-Naa dirigió su mirada hacia Burami al tiempo que sentía cómo un gran calor brotaba de su cuerpo y parecía encender las escamas escarlata que le cubrían. Burami corrió hasta donde estaba su espada y la tomó rápidamente, sin dar tiempo a Nirig-Naa de reaccionar. Lanzando un grito, el joven Dragún se lanzó sobre su maestro sosteniendo la espada en alto, pero al hacerlo sintió como si una pared invisible se hubiese formado entre él y el dragón rojo. Detenido por una fuerza que se oponía a su avance, Burami quedó suspendido en el aire mientras Nirig-Naa le observaba fijamente con sus fríos ojos azules, concentrando toda su energía en el cuerpo del guerrero que en vano intentaba mover su espada. Los brazos de Burami habían quedado paralizados, ni siquiera podía mover su cabeza. Era como si todo su cuerpo se hubiera convertido en una sólida roca que flotaba a escasos metros de donde se hallaba Nirig-Naa.

Haciendo un gran esfuerzo para mantener su control sobre aquel inmenso poder que se escapaba de su cuerpo poco a poco, Nirig-Naa empujó a Burami con su mente hasta alejarlo poco a poco de sí. El joven Dragún luchaba fieramente contra aquel portento mágico de su maestro, intentaba romper con la fuerza de su voluntad los dedos de aquella mano invisible que parecía tenerle preso.

Nirig-Naa apretaba los dientes y clavaba las garras en el suelo a medida que Burami flotaba hacia atrás. En ningún momento le quitó la vista de encima. En la mirada de su antiguo discípulo vio una ola de rabia que no parecía doblegarse ni siquiera ante aquel gran poder que el dragón rojo mostraba.

—¿Por qué? –dijo Nirig-Naa, más para sí mismo que para Burami–. ¿Por qué has hecho esto? Te di la oportunidad de escapar, ¿por qué has decidido deshonrar los poderes que te he dado?

Burami no respondió. En vez de eso Nirig-Naa le vio emplear todas sus fuerzas en el brazo que sostenía su espada. Haciendo un esfuerzo sobrehumano, Burami arrojó el arma hacia el dragón, esperando clavar la hoja de calantio en medio de sus ojos. La espada apenas voló unos centímetros antes de caer sobre la hierba, pero el joven no pareció darse cuenta.

Lanzando un rugido que se escuchó en todo el bosque, Nirig-Naa levantó una de sus garras en dirección a la espada que yacía en la tierra; envuelta en el halo de magia que brotaba del cuerpo del dragón, el arma se levantó sola en el aire y voló en dirección a Burami, traspasando su cuerpo de lado a lado. El rostro del joven Dragún se contrajo en un gesto de sorpresa, quedando con los ojos muy abiertos mientras la vida se escapaba a toda prisa en la sangre que salía de su herida. Nirig-Naa, viendo la espada que él mismo había forjado enterrada en el cuerpo de su antiguo discípulo, dejó ir toda su concentración.

El cuerpo de Burami cayó sobre la tierra, mientras el poder que se había acumulado en el cuerpo del dragón estalló en una gran onda que se propagó alrededor de él, sacudiendo las copas de los árboles y haciendo arder por unos instantes la hierba sobre la que Nirig-Naa se hallaba. Debilitado por aquel esfuerzo, sus rodillas no pudieron sostenerle más y cayó de bruces sobre la hierba; sin embargo, su vista en ningún momento se separó del guerrero que agonizaba delante de sus ojos.

Tumbado en la tierra, con la espada de calantio atravesándole y la mirada perdida, Burami parecía haber perdido de golpe toda aquella ira homicida que se había apoderado de él. Por un instante pareció otra vez aquel niño que se había adentrado en la caverna armado sólo con una lámpara de aceite a solicitar el favor de un dios.

Aunque Nirig-Naa había conseguido acabar con su vida, sentía que había sido él quien había sufrido la mayor derrota.

Nirig-Naa se acercó lentamente hasta el lugar donde yacía Burami, y escuchó cómo el último aliento del Dragún abandonó su cuerpo. El dragón rojo sentía que una parte de él también había dejado de existir en ese momento.

—Nirig-Naa –dijo una débil voz detrás suyo.

Al darse la vuelta, Nirig-Naa vio la blanca figura de Volren-Naa que respiraba con dificultad. La lanza de Burami continuaba clavada en su cuerpo, del cual brotaba un hilo constante de sangre. La luz en sus ojos se apagaba poco a poco, pero todavía estaba con vida. Nirig-Naa corrió hasta él, aunque desde lejos supo que nada podría hacer para salvarle; había sentido la lanza de calantio golpear su corazón como si él mismo hubiera sufrido la herida.

—Nirig-Naa –dijo–, ¿ha acabado todo?

—Sí –dijo el dragón rojo–. Ha muerto, mi señor.

Volren-Naa cerró los ojos, atrapado en el puño de aquel dolor. Su voz sonaba cada vez más débil, y las palabras que dijo a Nirig-Naa estuvieron cargadas de la urgencia que precede a la muerte.

—Ese dolor que sientes ahora –dijo el dragón blanco– es lo que significa ser el rey de Antok. Ahora lo entiendes, y estás preparado para seguir tu destino.

—No puedo ser el rey, lo sabes –respondió Nirig-Naa–. He fallado.

—Eres un tonto si crees en verdad que has fallado. Tú me has hecho ver que si los nuestros no vuelven a Xinji algún día, nuestra existencia no tiene sentido alguno. Ahora deberás hacer que nuestros hermanos lo vean también.

La sangre salía ahora de la boca de Volren-Naa debido al gran esfuerzo que hacía para pronunciar sus palabras. Su cuerpo comenzaba a tensarse, y sus ojos se abrieron buscando el rostro de Nirig-Naa, quien no se separaba de su lado.

—Esta decisión que has tomado hoy ha sido difícil –dijo el dragón blanco–, pero no será la última. Guía a nuestros hermanos, llévalos algún día a Xinji. En tu poder está que Burami y yo seamos todo lo que muera hoy.

Volren-Naa intentó decir algo más, mas sus fuerzas le abandonaban y una sombra se había apoderado ya de sus ojos. Nirig-Naa sintió cómo poco a poco la tensión en su cuerpo desaparecía y el dragón blanco reposaba su cabeza sobre la hierba al tiempo que una de sus garras se extendía tocando a su antiguo discípulo. En ese instante, Nirig-Naa percibió el fluir de una energía que salía del cuerpo de Volren-Naa y se dispersaba por el suyo, similar a la comunión de sus dos mentes que les permitió encontrar a Burami. Esta vez, sin embargo, el dragón rojo no sintió que daba nada de sí mismo a su rey; por el contrario, era él quien recibía el gran poder del soberano de Antok en sus venas, mientras el cuerpo del dragón blanco se convertía en una forma vacía.

Pasaron así unos momentos. Cuando el flujo de aquella energía terminó, Nirig-Naa supo que el antiguo rey había muerto, y que su espíritu volaba hacia las estrellas donde le esperaba el Shilaa-Marag-Nuk, con quien habría de permanecer hasta el día de la Gran Confrontación al fin de los tiempos.

Nirig-Naa no supo cuánto tiempo permaneció en aquel lugar, en presencia de los cuerpos sin vida de aquellos que habían significado tanto para él. Sólo supo que para el momento en que el sol se estaba poniendo, escuchó el batir de grandes alas que se acercaban a toda velocidad por el horizonte. Al levantar la mirada, se encontró con dos grandes dragones de la casa de Razgal, enviados desde Antok en busca de su rey y temiendo lo peor. Nirig-Naa vio la desolación en sus ojos cuando posaron su mirada sobre el cadáver de Volren-Naa que yacía sobre la hierba. Nirig-Naa había retirado la lanza de calantio de su cuerpo y la había tendido en el suelo junto a él, pero aún así estaba muy claro qué había ocurrido.

—Hemos cumplido nuestra misión –dijo Nirig-Naa–, pero hemos pagado un muy alto precio; nuestro rey ha tenido que dar su vida para proteger a nuestros hermanos de Antok.

Acercándose al cuerpo de Volren-Naa, los dos dragones pronunciaron las plegarias destinadas a facilitar el paso de su rey al otro mundo. Nirig-Naa les observó en silencio, pero su mente no hacía sino volver una y otra vez a la otra figura que yacía muerta en aquel claro del bosque. En silencio, sin despertar sospechas en ninguno de los dragones presentes, él también dirigió una plegaria en favor de su antiguo discípulo, que ni siquiera en la muerte contaría con el favor de los suyos. A pesar de sus grandes hazañas, Burami nunca reposaría junto a sus antepasados en una gran tumba destinada a ensalzar la grandeza de aquello que había logrado gracias no sólo a los poderes de Xinji, sino a su propio valor. El mundo nunca sabría la gran pérdida que se había producido en aquel lugar; sólo el corazón de Nirig-Naa era consciente del dolor que esa pérdida había dejado atrás.

Entonces los dos mensajeros posaron sus ojos en él y reconocieron la energía que emanaba su cuerpo. El brillo de la piel roja de aquel dragón evidenciaba que Volren-Naa le había elegido como su sucesor antes de morir y que ahora residía en él la fuerza del Shilaa-Marag-Nuk y la promesa de algún día volver a ver las blancas arenas de Xinji. Los dos dragones fueron los primeros en postrarse ante su nuevo señor.

—Eres nuestro rey ahora, Nirig-Naa –dijo uno de ellos–. Aunque la muerte haya plagado este lugar, la nación de Xinji no está sola.

Nirig-Naa permanecía inmóvil, como si esperase una respuesta que no provendría de sus dos hermanos. Sus ojos miraron una vez más a Burami y luego al cuerpo de Volren-Naa. Recordó en ese momento las últimas palabras de su antiguo señor, y sólo entonces entendió su auténtico significado y el mensaje que su rey había querido transmitir antes de morir.

—Nuestro señor ha muerto –dijo finalmente–, pero no entregó su vida únicamente por nosotros. Lo hizo para que los dragones pudiésemos tener un futuro. Y sé lo que tengo que hacer para ello.

Cerrando los ojos, Nirig-Naa extendió una de sus garras hacia el cuerpo de Burami, que poco a poco comenzó a levitar sobre el suelo. Los dos dragones recién llegados observaron incrédulos cómo su nuevo rey hacía flotar al joven Dragún y lo depositaba suavemente sobre el cuerpo sin vida de Volren-Naa. Una vez estuvo allí, el dragón rojo golpeó con fuerza la tierra bajo sus pies. Una poderosa energía pareció salir de su cuerpo, y tanto Volren-Naa como Burami se vieron envueltos por altas llamas de color violeta que comenzaron a consumir sus cuerpos y convertirlos en una columna de humo que subía hasta el cielo.

—¿Qué estás haciendo? –preguntó uno de los dragones.

Nirig-Naa le miró fijamente, a la vez que señalaba la hoguera. Aquel fuego de origen mágico no tocaba siquiera la hierba a su alrededor; sólo los dos cuerpos dentro de ella ardían como dos soles que se hubiesen juntado en uno.

—Cumplo con la última voluntad de nuestro antiguo rey.

—¿Acaso él te pidió que dejaras su cuerpo arder junto al de ese traidor? –a pesar de que el mensajero intentaba guardar la debida reverencia a su nuevo soberano, su voz delataba la indignación ante lo que consideraba un sacrilegio a la memoria de Volren-Naa.

—Burami nos traicionó, sí –respondió Nirig-Naa–, pero lo que ves en este momento lo hago por Antok y su futuro. Volren-Naa dijo que yo se lo había hecho entender, mas en realidad ni siquiera yo mismo lo comprendía hasta ahora: si algún día nuestro pueblo ha de volver a Xinji, debemos asegurarnos de que la profecía del Dragún no muera con Burami y nuestro señor. Burami arde ahora en esta pira, pero nadie del reino de los humanos lo sabrá. Para el pueblo de Silam, él seguirá siendo aquel que tuvo el poder y la bendición de los dragones de Xinji, y los liberó de sus enemigos, y que un día simplemente desapareció. Nadie ha de saber que murió por nuestra mano. Yo tomaré sus armas y las fundiré para que el calantio que una vez usó contra nosotros pertenezca ahora a nuestra nación, y algún día, cuando humanos y dragones estén listos, alguien ocupará su lugar, y llegará nuestro momento.

El dragón alado parecía convencido ante las palabras de su rey. También él se quedó quieto, mirando la luz de la hoguera en la que ya hombre y dragón no se distinguían, los dos reducidos a una misma carne ardiendo y elevándose a las estrellas.

Nirig-Naa y sus guerreros no permanecieron mucho tiempo allí. Al caer la noche emprendieron el camino de regreso a Antok, la ciudadela de roca que tenía ahora un nuevo rey. Nirig-Naa llevaba las armas que habían pertenecido a Burami, y aunque un nuevo propósito se había apoderado de él, una parte de su corazón permaneció en aquel claro del bosque, ardiendo en la misma hoguera en la que ahora se consumían Burami el del Brillante Escudo y Volren-Naa, el dragón blanco que había guiado a la nación que ahora veía en él la luz que debía conducirles a través de su camino de tinieblas.

Resistiendo la tentación de volver la mirada una vez más hacia aquel hermoso fuego, el Rey Rojo continuó su camino adentrándose en el bosque, intentando dejar atrás el campo de batalla donde su pasado había sido derrotado, buscando un futuro que se avecinaba sin piedad.

Aquella noche, los reinos de los hombres continuarían sus pequeñas vidas y sus pequeñas miserias, mientras el fuego donde yacía Burami ardía en medio de la oscuridad como un faro que busca viajeros perdidos.

Sobre el autor

Ricardo Riera nació en Valencia (Venezuela) en 1978. Estudió Letras y Filología Hispánica en la Universidad Católica Andrés Bello (Venezuela) y en la Universidad de Navarra (España), aunque desde entonces no ha vuelto a pisar el ambiente académico. Es autor de la novela *Dragún* (Plaza & Janes, 2010) y la antología de relatos *Damas, bestias y otras* (Íkaro Ediciones, 2012). No puede dormir con la puerta del armario abierta y afirma ser devoto de Kandur, un dios insectoide al que sólo puede ver por el rabillo del ojo cuando está solo.

Desde 2009 regenta una comuna hippie en el Berlín de Tierra 2.

Web: www.lobohombreriera.com
Twitter: @lobohombreriera
Goodreads: https://www.goodreads.com/lobohombreriera

Otras obras del autor

DRAGÚN
(novela, 2010)

Lea, última superviviente de la nación de Silam, es acogida y entrenada por los dragones de Xinji. Ellos la ayudarán a convertirse en un Dragún, un poderoso guerrero conocedor de artes ya olvidadas. Con este poder, la joven buscará cumplir su mayor deseo: acabar con el demonio Yoshamaat, responsable de la destrucción de su ciudad. Pero todo poder tiene un precio, y Lea pronto descubrirá que el camino hacia su venganza la acercará peligrosamente a su propia destrucción.

DAMAS, BESTIAS Y OTRAS
(cuentos, 2012)

Un boxeador en alza perseguido por la imagen de un arcángel negro, un devoto cruzado que encuentra el horror de su guerra personal en un par de ojos oscuros, un alma pecadora que desata una lucha interna tanto en el Cielo como en el Infierno y una maldición familiar contenida en una botella. Estos son sólo algunos de los relatos contenidos en esta antología de muerte, amor y oscuras fantasías ancladas en nuestro mundo, pero con una ventana abierta a otros, una ventana que nos muestra esos pequeños agujeros hechos en la fibra misma de la realidad y dentro de los que se esconden nuestros peores monstruos.

ÍNDICE